suhrkamp taschenbuch 1816

AF197748

Ralf Rothmann, geboren 1953 in Schleswig, aufgewachsen im Ruhrgebiet, machte nach der Volksschule eine Maurerlehre und arbeitete später in verschiedenen Berufen. Er lebt und schreibt heute in Berlin. Als *suhrkamp taschenbuch* liegen vor: *Messers Schneide*. Erzählung (st 1633); *Kratzer und andere Gedichte* (st 1824).

Wer hat nicht schon davon geträumt, dem »erstickenden Unsinnsgefüge« unserer Wirklichkeit den Rücken zu kehren und in exotischer Ferne einen Neubeginn zu wagen? Nach seinem Prosadebüt *Messers Schneide* gelingt Ralf Rothmann erneut das Kunststück, diese Sehnsucht nach einem anderen Leben in spannungsreicher, ungestüm belebender Sprache aufzuheben. Bedrohlich-schmerzhafte Erfahrungen erleidet Guntram Lohser, ein aus Berlin stammender Fotograf, in Muisne, einem ecuadorianischen Dorf am Meer, zwischen Sumpfland und Kokospalmen, die im obszönen Lied vom Windfisch besungen werden ... Ein Mann, der sich nicht mehr in seinem Element befindet, ein Fisch im Wind eben, wird Lohser in die Such- und Vergeltungsaktion einer französischen Jüdin gegen einen SS-Mörder verwickelt und gerät selbst unter Mordverdacht. Ein alptraumartiger Polit-Thriller nimmt seinen Lauf ...

»Ein Buch mit Freude und Genuß bis zur letzten Seite zu lesen und sich insgeheim eine Fortsetzung zu wünschen, das ist durchaus nicht alltäglich. Man ist bereit, diesem talentierten Autor, bei dem sich poetischer Ausdruck und knisternde Spannung in harmonischer Eintracht ergänzen, lesend bis ans Ende der Welt zu folgen.«   *Die Presse, Wien*

Ralf Rothmann
Der Windfisch

Erzählung

Suhrkamp

2. Auflage 2016

Erste Auflage 1991
suhrkamp taschenbuch 1816
© Suhrkamp Verlag Frankfurt am Main 1988
Suhrkamp Taschenbuch Verlag
Printed in Germany
Umschlag: hißmann, heilmann, hamburg
ISBN 978-3-518-38316-2

Wir verlaufen uns im Leben,
aber das Leben weiß, wo wir sind.

John Ashbery

Platz der Schweine

Man kann eine Frau, einen Mann, einen Hund verlassen. Man sagt den Freunden, dem Bäcker, dem Barmann Adieu, läßt alle Türen, Fragen und Rechnungen offen. Man zeigt dem Polizisten an der Ecke einen Vogel, sagen wir, eine Elster, gibt dem dicken Hintern der Gepflogenheiten einen Tritt und macht sich aus dem Staub. Kurz: Man kann einen Ort verlassen. Deutschland ist kein Ort.

Spiralartig stieg die Maschine auf über Mexico-City. Die Nacht hinter dem Dunstkreis war dunkelblau, und die 18-Millionen-Stadt in der Tiefe sah aus wie eines jener Häufchen glühender Kohlen, vor denen sich um diese Zeit die Prostituierten der Ausfallstraßen wärmten.
Die Klischees sollten gnädiger mit mir sein, dachte Guntram Lohser, ein Fotograf, während die Stewardeß den zweiten doppelten Cognac brachte. Als sie sich im Schein der Nachtbeleuchtung zu ihm beugte, um den dritten zu servieren, sah er hauchzarten Flaum an ihrer Wange, wie Rauhreif.
Deutscher also, sagte sein Nachbar, ein Peruaner, der die Stiefel ausgezogen hatte und ihre Messingspitzen abwechselnd mit einem Läppchen und einem Lächeln polierte. – Ein Mann sollte nur ein Paar Schuhe besitzen, finden Sie nicht? Ein Leben lang ein einziges Paar – es wäre irgendwie poetischer.

Am Rand der gezackten Andenschatten, die über dem Airport von Quito lagen, rollte die Maschine langsam aus. Lohser nahm seine Tasche vom Gepäckband und wartete wie gewöhnlich auf die Aluminiumbox, in der sich seine Ausrüstung befand; wartete verschlafen, bis alle Reisenden ihre Koffer davongetragen hatten und nichts mehr auf dem Karussell kreiste als eine gelbe Plastikente für die Badewanne.

Erst da fiel ihm ein, daß er das ja hinter sich hatte: die Fotoausrüstung und alles, was damit zusammenhing. Eine Schwalbe flog durch die morgenhelle Halle, er dachte an den Kündigungsbrief, den er mit dem Lippenstift der mexicanischen Bardame verfaßt hatte, an seine Unterschrift über den Blattrand hinaus, und froh über die Leichtigkeit seiner Reisetasche, wäre er fast an den Zollbeamten vorbeigelaufen. Ihre Sonnenbrillen spiegelten den Schalterraum bis hin zur Drehtür, vor der eine Indianerin in rotem Poncho bettelte.

Auf dem Weg zur Botschaft mußte er ein Stück weit durch die überlaufene Altstadt, durch den Auspuffrauch der Busse, die einander Stoßstange an Stoßstange die steilen Gassen hinaufschoben. Das Licht war anstrengend wie eine ungewohnte Dioptrie, alle Erscheinungen überdeutlich. Jeder Stein prunkte mit sich selbst, und alles Grün wirkte abweisend und kühl; manchmal schien es nahezu schwarz.

Vor dem Parlamentsgebäude standen Militärfahrzeuge und Wasserwerfer, von Steinwürfen oder Karambolagen verbeult. Ein Kind ging von Wagen zu

Wagen und versuchte, den Soldaten eine einzelne Zigarette zu verkaufen.

In der Botschaft hielt der Wachmann einen Detektor an seinen Körper. Als er damit über die Hosentasche fuhr, ertönte ein Summen. – Schlüssel? – Schlüssel, sagte Lohser und klopfte mit der Hand an sein Stilett.

Es gab zwei Briefe für ihn. Sein Freund Benno schrieb, daß ein Rohr gebrochen sei in Lohsers Wohnung, Frost. Wasser im Schlafzimmer der Nachbarn, alle Möbel infolge der Feuchtigkeit verzogen, die Türen der Frisierkommode ließen sich nicht mehr schließen, man werde klagen. Außerdem wünschte er gute Ferien.

Seine Freundin Lydia schrieb aus Äthiopien, wo sie im Entwicklungsdienst arbeitete. Die Hilfsgüter vermoderten in den Bäuchen der Frachter, weil immer erst die Waffenlieferungen gelöscht würden. Die Krankenstation, die man aufgebaut habe, sei schon am ersten Tag hoffnungslos überlaufen gewesen. Alle Patienten hätten neben ihren furchtbaren Leiden immer auch noch eine Geschlechtskrankheit. Wer nur eine Geschlechtskrankheit habe, gelte als gesund.

Jeder Mensch, dem wir hier das Leben retten, schrieb sie, nimmt anderen die Nahrung weg. Und gibt es zeitweise genug Weizen für die meisten, sind die Frauen sofort wieder schwanger. Wenn wir dann nach zwei Jahren die Zelte und damit die Gesundheitsfürsorge abbrechen, wird alles um ein Tausendfaches schlimmer sein als vor unserer Ankunft. Glaube von mir, was Du willst, aber manchmal denke ich wirklich: Sterben lassen.

Und Du? Wie geht es Dir nach allem? Hast Du Deine Arbeit erledigt? Ich sehne mich nach Dir und sorge mich um uns.

Vor dem Diebstahl seiner Ausrüstung hatte Lohser für Presseagenturen und eine Illustrierte fotografiert. Mitte Dreißig, arbeitete er seit fast zehn Jahren in der Branche, zuletzt bei einer Zeitschrift, deren »junge Redaktion« mit konziliantem Trotz und erlesenen Fotos vom Elend aller Art erfolgreich vertuschte, etwas anderes als das Geld der Anzeigenkunden im Sinn zu haben. Außerdem war ihm der Auftrag zu einem Bildband über Mexico zugefallen.

Angefangen hatte er mit Portraits von Theaterschauspielern und Schriftstellern; für Kalenderverlage fotografierte er eine Weile Landschaften, die es längst nicht mehr gab, und schließlich knipste er alles.

Denn eines Tages wurde ihm klar, daß es egal war, welche Arbeit man machte, daß jede in gleicher Weise obszön ist, da sie das ganze vernichtende, vergiftende, erstickende Unsinnsgefüge in Gang hält, das man Wirklichkeit nennt, und daß es für einen Menschen mit einem Rest Herzblut zu dieser Stunde der Weltzeit nur noch eins geben kann: alles liegen- und stehenlassen und sich vor die Räder eines Raketentransporters oder die Auslieferungstore einer Automobilfabrik werfen. Alles liegen- und stehenlassen und sich an den Kühlturm eines Kraftwerks oder die Abwasserrohre eines Chemiekonzerns ketten. Sich mit Benzin übergießen und brennend über den Kudamm rennen.

Zu all dem war er freilich zu träge, zu feige, was ihn

müde machte und empfänglich für jede Form von Ablenkung und Flucht – etwa, drei finanzierte Monate lang das »tropisch-üppige, faszinierend fremdartige, wilde, rauhe Mexico« zu fotografieren; für die Bildbandreihe eines Zigarettenkonzerns. Um nicht zu früh zurückzukehren in den Berliner Winter, wollte Lohser an seine Arbeit noch ein paar Wochen Ferien in Ecuador hängen.

Er durchquerte eine Grünanlage, die offenbar für ein Fest vorbereitet wurde. Die Holzkohlefeuer an den Wegkreuzungen rochen nach Weihrauch. Die Palmen wurden bis in Mannshöhe mit weißer Schlämmkreide gestrichen, und zwischen den Stämmen hingen Kabel voll glasklarer Glühbirnen. Eine Frau auf einem Stuhl tauchte sie in einen Farbtopf, aus dem sie wie kandierte Äpfel rot zum Vorschein kamen.

In der Telefonzentrale des »Sheraton« meldete er ein Gespräch nach Berlin an. Benno schien nicht überrascht. – Du machst es richtig, sagte er, fährst in der Weltgeschichte herum und läßt uns hier verfaulen. Schneit es bei dir auch? Als Kind und Briefmarkensammler war Ecuador immer mein Lieblingsland. Diese schwarzen Vögel mit den riesigen orangeroten Schnäbeln, wie heißen sie noch? In Hamburg wohnte der ecuadorianische Botschafter in meiner Nachbarschaft. Netter alter Herr, fuhr ihm mal aus Versehen in den Mercedes –

Ich brauche wahrscheinlich Geld, unterbrach Lohser. Schick bitte ans Konsulat, was sich noch auf dem Konto befindet. – Und der Wasserschaden? Deine Vermieterin ist sauer. Hätte jemand geheizt, wäre das

Rohr nicht geplatzt. – Kündige das Zimmer. Die Bücher gehören dir, der Rest der Müllabfuhr. – Und wo willst du wohnen? – Hier, sagte Lohser, in diesem Pullover.

Am Rand eines bevölkerten Marktplatzes – es gab keine Stände, Obst und Gemüse haufenweise auf dem Pflaster, dazwischen schmale Pfade – wurde ein schwarzes Schwein geschlachtet. Kinder hielten die hochgestreckten Beine auseinander, ein Mann tauchte die Arme bis zu den Ellenbogen in den aufgeschlitzten Bauch, warf die blaugrau glänzenden Gedärme neben das Tier in den Staub.

Lohser fragte eine Händlerin nach der Busstation und kaufte einen Rasierpinsel, ein Schnapsglas voller Gießharz, in dem ein Busch Borsten steckte.

In der Nähe bemerkte er eine rotblonde Frau in engen Armeehosen und einem lichtdurchlässigen Herrenhemd.

Schritt für Schritt bewegte sie sich in einer langen Reihe von Marktbesuchern vorwärts. Mit beiden Händen hielt sie den Fotoapparat fest, der ihr vor dem Bauch hing, und trat sich selber mehrmals auf die Füße. Ihr Mund war geöffnet, die großen, grünlichen Augen überblickten staunend Glanz und Farbenpracht der Waren.

Ein Pfiff von irgendwoher – und plötzlich läuft sie auf, stößt gegen eine sehr dicke Indianerin, die stehengeblieben ist. Ausscheren geht nicht, es sei denn, übers Gemüse; also will sie einen Schritt zurückweichen – doch auch hinter ihr eine Indianerin, auch sie sehr dick. Derart bedrängt, reißt die Frau sich den

Fotoapparat hoch an die Brust, versucht ein Knie zu heben, stößt mit den Ellenbogen und kreischt.

Ringsum rührt sich niemand. Ein Kind, das auf einem Zitronenberg sitzt, sieht aufmerksam zu ihr hin, bohrt sich mit einem Bambusstöckchen in der Nase. Lohser schnuppert an seinem Rasierpinsel, der nach Salmiak riecht.

Aus der Menschenmenge am Rand des Platzes löst sich ein Junge, vielleicht vierzehn, und setzt mit der Eleganz eines Hürdenläufers über die Warenhaufen; kein Kohlkopf, keine Orange gerät ins Kollern. Seine zu weiten, zerrissenen Kleider flattern; zwischen den schmutzigen Fingern glänzt eine Rasierklinge.

Señora! ruft Lohser warnend und winkt. Die Frau, in der Klemme, reißt den Kopf herum – und wird so abgelenkt von dem Jungen, der auf der anderen Seite heranschnellt, ihre Tasche zerschlitzt, die außen aufgesetzte Hosentasche, herauskrallt, was er zu fassen bekommt, und schon in der Menge verschwunden ist.

Die Indianerinnen gingen weiter. Die Frau trat zwischen zwei Gemüsehaufen, klappte einen Fetzen ihrer Militärhose hoch. Der schwarze Strumpf darunter war unversehrt.

O Scheiße, sagte sie auf deutsch und blickte Lohser an. – Flugticket und zweihundert Dollar. Du hast es gesehen. Sie sprach mit französischem Akzent, und in ihren Augen glitzerte es vor Wut. Lohser nickte.

Du hast es gesehen und bist nicht eingeschritten, Mann! Lohser schüttelte den Kopf. Sie stampfte auf in ihren Cowboystiefeln, warf das schwere Haar zurück. – Typisch deutsch!

Che cosa? fragte er – da preßte sie ihre Lippen zu einem Strich zusammen und ging quer über den Marktplatz davon, wobei sie einen kleinen Apfel zertrat. Über die Andenhänge streiften Wolkenschatten, dazwischen der eines Flugzeugs. Erst als es außer Sicht war, hörte man Motorenlärm.

Sie verschwand im Bürogebäude der Busgesellschaft und kam einen Augenblick später mit einer Reisetasche heraus.

Als Lohser über die Straße ging – vor dem Tor der Station lag ein Haufen Truthähne, die an den Beinen zusammengebunden waren; die rotblauen Hautlappen über den Schnäbeln zitterten, und die Augen der Tiere sahen müde wie durch Jahrhunderte her –, wurde er um ein Haar von einer ruckartig startenden Limousine angefahren. Der Mann am Steuer war alt und fett, trug eine Sonnenbrille im ungerührten Gesicht und machte eine Handbewegung, mit der man auch Viehzeug verscheucht.

Wenn ich dich jetzt lieben könnte, wäre ich fein raus, dachte Lohser. Er trat gegen den Kotflügel, daß es krachte. Der Mann fletschte die Zähne, große, gelbe Zähne, riß die Handbremse hoch, und Lohser drängte sich eilig durch die Menschenmenge, die den Vorplatz der Station bevölkerte. Die Frau sprang auf das Trittbrett eines anfahrenden Busses.

Im Büro löste er eine Karte bis Muisne, über Esmeraldas. – Ah, Muisne! rief der Verkäufer. Sonne! Freiheit! Kokosmilch mit Rum! Er schob Lohser die Passagierliste und einen Kugelschreiber hin. Gemäß polizeilicher Verordnung trug er Name, Adresse und

Reiseziel ein und las ein paar Spalten höher: Jovita Goldblat-Blanc, Toulouse, Frankreich. Da alle Wagen der Gesellschaft bis Esmeraldas fuhren, hatten die meisten Passagiere auch Esmeraldas hinter ihre Namen geschrieben. Nur hinter dem der Französin stand nichts.

In dem kleinen, mit rotgelben Ornamenten bemalten Bus zog er sein verschwitztes Hemd aus und kramte ein frisches aus der Tasche. Eine Indianerin, die ihm bereits vor dem Fahrkartenschalter aufgefallen war, sah unverhohlen dabei zu. Sie säugte ihr Kind und kaute ein Stück Zuckerrohr, wobei sie den Mund weit und träumerisch träge öffnete. Dabei schien sie Lohser und seinen Blick auf ihre Brust gar nicht zu sehen, reagierte auch nicht, als er lächelte, wendete sich nur ganz langsam ab. In ihren dicken schwarzen Zopf war ein langer Grashalm geflochten.

Unterwegs stiegen mehr und mehr Fahrgäste zu, man saß beengt, Säcke voller Bohnen und Reis wurden ins Gepäcknetz gewuchtet. Es regnete Staub und Häcksel, wann immer der Bus durch ein Schlagloch fuhr.

Die Felswände am Straßenrand glänzten braun, ein dunkles Braun, dem Himmel zu schwefelgelb geädert. Die Hänge waren mit Mais, hauptsächlich aber mit Bananen bepflanzt. Unter den Stauden wuchsen schwarze, schwanzartige Stengel, an deren Enden die geschlossenen Blüten in Form violetter Mohnkapseln hingen. Aus großer Höhe stürzten Bäche in die Straßengräben, hinter den Gischtwolken strahlten Bremslichter auf.

Am Abend erreichte der Bus Esmeraldas, eine mittelgroße Provinzhauptstadt an der Pazifikküste. Auf den Dächern flatterte Wäsche, Spruchbänder hingen über den Straßen, Reklame. An den Ampeln standen halbnackte Männer, schlürften Benzin und spuckten sich riesige Feuerwolken zu, die in der Luft ineinanderfuhren. Kongaspieler in den Toreinfahrten, Karren voller Obsthaufen, Lampen aus Melonenscheiben. »Singender Boxer hofft, am Sonntag ein Schlagkonzert zu geben!«

Ein Polizeiwagen steckte fest im Stau, trotz Blaulicht und Sirene; die Autos standen so eng, daß man die Türen kaum öffnen konnte. Ein Kind riß einem Fahrer die Armbanduhr ab und floh ein Stück weit über Kühlerhauben, die sich knallend bogen unter seinem Fuß.

Die Busstation, ein Platz aus festgewalztem Lehm, war leer. Durch das Fahrkartenhäuschen aus honiggelbem Plastik schien die Abendsonne. Der Fahrer hupte; von den Imbißbuden am Ufer, über denen ein riesiger Rabenschwarm kreiste, trabten Gepäckträger mit ihren Karren heran. Zimmervermittler versperrten die Tür, ein Schuhputzerjunge schleuderte sein Bänkchen zwischen Lohsers Beine, schrie seinen Preis.

In den Imbißbuden wurden Windlichter angezündet; über die Gesichter der Essenden strich der grünliche Reflex des Flusses, und Lohser, während er seine Schuhe putzen ließ, wunderte sich einmal mehr über den jähen Einbruch der Nacht in den Tropen. So blickte der flötende Junge, der sich mit abendrotem Gesicht über seine Arbeit gebeugt hatte, bis das Leder wie Blaustahl glänzte, plötzlich still aus schwarzen Augenhöhlen zu ihm auf und hielt eine verkrümmte Hand hoch. Eine Prothese, wie Lohser an dem Klang der Münze erkannte.

In jedem Winkel der Bierbar, in die er sich setzte, wurde gespielt; auf den Tischen schob man sich Streichhölzer zu, unter den Tischen Geld. Er strich einen Bogen Luftpostpapier glatt; die Bleistiftmine war in der Tasche abgebrochen. Als er auf das Knöpfchen seines Stiletts drückte, flogen die Blicke hoch.
Er schrieb kein Datum über den Brief; seine Entscheidung, dachte er, war Datum genug. – Liebe Lydia ...
Eine schwarze Hand bedeckte das Blatt. Einer der drei Kartenspieler am Nebentisch beugte sich herüber und bot Lohser eine Partie Poker an. Er lehnte ab, schob die Hand beiseite. Der Mann wollte wissen, was er in Esmeraldas suche und wohin er weiterreise. Lohser trank einen höflichen Schluck aus der goldfarbenen Bierdose, die ihm angeboten wurde. – Muisne? Der Schwarze zeigte auf einen seiner Freunde, der die Karten mischte. – Sein Bruder ist dort Polizist. Und ein gewaltiges Lachen spaltete die Gesichter der drei.

Liebe Lydia. Ich staune, wie weit ich reisen mußte, um die banale Einsicht zu gewinnen, daß man immer nur sich selbst bereist. Je rauher es seit meiner Landung in Mexico zuging, je schmutziger, trostloser, ärmer auch, desto näher kam ich mir und bin nun wohl am Ziel. Einem Ziel ohne Grund und Boden. Was ich erlebe oder zu erleben glaube, hat jeden Hintergrund verloren. Wo bin ich denn? Muß ich erst eine Untat begehen, um wieder einen Zusammenhang zu fühlen? Was weiß ich –

Die rotblonde Frau schlenderte vorbei, aß Zuckerwatte – ein Auto richtete sein Fernlicht darauf. Lohser schob den Stuhl zurück, wollte aufstehen – als ihm der Schwarze erneut eine Hand auf die Schulter legte.

Muisne? Haben Sie vorhin Muisne gesagt? Er zeigte auf seinen Freund, der gerade einen Packen Geldscheine wegsteckte, und sagte durch die zusammengebissenen Zähne: Sein Bruder ist dort Polizist! Lohser lachte, falsch, aber schallend. Die Spieler, in ihre Karten vertieft, verzogen keine Miene.

Auf den dunklen Veranden der Häuser knarrten die Halteringe der Hängematten, und überall standen Karren mit erleuchteten gläsernen Aufbauten voller Popcorn und Schokolade. Kinder scharten sich darum; das grelle Licht der Gaslampen schien durch ihre Ohren.

Die Frau verschwand in einer Kirchentür. Ein Hund sprang heraus, eine Kerze zwischen den Zähnen.

Im Hauptschiff war es dunkel; unter der Kuppel flatterten Tauben, flaumige Federn schwebten durch einen Mondstrahl. Im Seitenschiff, auf Eisentischen, die vor riesigen Sträußen weißer Lilien standen, flammten unzählige Kerzen, und die Lasur goldgerahmter Gemälde reflektierte ihren Schein.

Indianer beteten vor einer großen, mit rotem Samt bespannten Tafel, die gespickt war mit winzigen Nachbildungen menschlicher Körperteile – Beine,

Arme, Herzen aus Blech oder Blei. In einem Cello-
phantütchen lag ein Backenzahn.

Gläubige in langer Schlange berührten im Vorübergehen das Knie der Madonnenfigur. Der Lack war ab,
darunter glänzte helles Holz. Lohser blickte sich vergeblich nach der Frau um, sah aber nirgendwo einen
zweiten Ausgang. Er zündete eine Kerze an, bekreuzigte sich flüchtig und staunte; es war eine Wohl-
tat. Er bekreuzigte sich nochmal. Es blieb eine Wohl-
tat.

Wenn es ihm, dem Liebhaber und Geliebten des Au-
genscheins, tatsächlich einmal gelang, seine automati-
sche und wohl darum schon fragwürdige Skepsis zum
Schweigen zu bringen, wenn er in einem Gottglauben
mehr als nur neue, aufgeschreckte Religiosität und
panische Besinnung von Verseuchten auf dem Sterbe-
lager sehen konnte, empfand er ihn als gewaltigen
Trost, als Kraft, mit der sich alles, selbst das eigene
Ende, bestehen ließ.

In seiner Nähe stand die Indianerin und lächelte.
Strahlenfeine Fältchen gingen von ihren Augenwin-
keln aus, an ihren Ohren blitzten Fische aus Silber. In
den Zopf hatte sie statt des Grashalms einen Perlen-
draht geflochten. Außer dem Säugling im Tuch waren
noch zwei Kinder bei ihr; beide zerlumpt und ver-
dreckt, zogen sie an Lohsers Pullover und hielten ihm
bettelnd die Hände hin. Die Mutter befahl sie mit
einem Zischen zurück.

Wollten Sie nicht nach Muisne, Señor? – Ja, ich fahre
morgen weiter. Sie nickte, strich einem Kind die
Haare aus der Stirn; es schnappte mit den Zähnen
nach ihr. – Und nun bitten Sie um eine gute Reise. –

Ich weiß nicht ... nein, eigentlich nicht. Ich habe seit meiner Kindheit nicht mehr gebetet. Sie machte große Augen. – Und das Kreuzzeichen gerade? – Das? Er tastete nach Stirn, Schultern, Brust. – Ich wollte sehen, ob noch alles dran ist, Señora.

Ohne daß er es recht bemerkt hatte, waren sie mit der Menschenreihe vorgerückt, und plötzlich berührten sich ihre Fingerspitzen auf dem Knie der Madonnenfigur.

Haben Sie eigentlich Kinder? – Nein, sagte Lohser. – Haben Sie denn keine Frau? – Nein. – O Gott. Macht Sie das nicht krank? – Im Gegenteil. – Aber ein Mann muß doch eine Frau haben! – Und Sie? Haben Sie einen Mann? Sie neigte den Kopf, fuhr mit der Schuhspitze durch die Fugen der Bodenplatten. – Ich brauche doch keinen Mann, Señor. Ein Mann ist so anstrengend. Ich brauche nur Kinder.

Dort unter der Laterne steht mein Geschäft, sagte sie in der Kirchentür. – Ein Karren, dessen Glasaufbau vollgepackt war mit Bier, Schnaps und Zigaretten. Daneben lehnte ein Halbwüchsiger in Jeans und weißem Hemd, blätterte in einem Comic-Heft. Er trug Schlangenlederschuhe an den nackten Füßen.

Die Indianerin verlangte einen Schlüssel von ihm. Der Mestize, vielleicht fünfzehn, sechzehn Jahre alt, musterte Lohser, strich ihn durch mit einem Blick, verschränkte die Arme vor der Brust.

Den Schlüssel!, wiederholte die Frau und drohte mit der flachen Hand. Er wich einen Schritt zurück, verneinte mit einer langsamen Kopfbewegung. Die Indianerin beschimpfte ihn in unverständlicher Sprache und schlug sich dabei unwirsch den langen Rock um die Beine. Die Kinder wiederholten ihre Flüche, versuchten, den Jungen zu bespucken, bekleckerten sich aber nur selbst.

Er ist eifersüchtig, sagte sie. Gib ihm einen Dollar, sonst stehen wir morgen noch hier.

Ohne Lohser aus den Augen zu lassen, nahm der Junge den Schein entgegen, zog einen Schlüssel aus der Tasche und fuhr sich damit über die Gurgel. Dann ließ er ihn vor sich in den Dreck fallen und ging davon.

Wann kommst du? rief die Indianerin ihm nach.

Während sie den Karren die Straße hinunterschob, prüfte ein Kind die Türschlösser parkender Autos. Das andere, auf Lohsers Arm, schlief.

Die Asphaltierung hörte auf, Beleuchtung wurde spärlich. Er erkannte Rohbauten oder Ruinen hoher Häuser links und rechts. Auf einem Balkon brannte Feuer, über dem Maiskolben geröstet wurden. Indianer und ihre Hunde blickten auf ihn herab. Durch den diesigen Schein einer vereinzelten Laterne ging ein halbnackter Schwarzer, der einen Hai geschultert hatte.

Lohser half der Frau, die Vitrine vom Karren zu heben. Sie schleppten sie die Treppen eines Abbruchhauses hinauf, in dem es weder Licht noch Geländer gab. Auf allen Podesten, auf Lagern aus Lumpen und Pappkartons, schliefen Menschen.

Ein dick vermummter Mann lag im Weg und mußte geweckt werden. Er maulte und fluchte, verstummte aber, als eines der Kinder nach ihm trat. Sie gingen mit Kerzen voraus; ihre Schatten an der Ziegelmauer

waren riesig, sie hielten die Schatten der Kerzen wie
Prügel.

Zwei Räume; auf dem Betonboden längs der rissigen
Wände waren Teller, Kannen, Pfannen aufgereiht.
Neben dem Propangaskocher stand eine randvolle
Wassertonne. Auf einer Matratze aus unbezogenem
Schaumstoff lagen ein paar Lamafelle, und vor die
Fensterlöcher waren Plastikplanen gespannt. Bunte,
zum Teil mit Kaugummi an einen Kleiderschrank ge-
klebte Heiligenbildchen flatterten in der Zugluft,
kehrten die weißen Unterseiten hervor.
Die Indianerin schloß die Tür. Lohser setzte sich auf
einen Koffer. Er sah zu, wie sie die Kinder wusch.
Eines, hinter dem Rücken der Mutter, streckte ihm
die Zunge heraus.

Du findest mich schön? fragte sie und löste ihren
Zopf auf. – Sicher, sagte er, obwohl es nicht unbe-
dingt stimmte. Doch konnte er ihr nicht gut eingeste-
hen, daß ihn nur ihre Brustwarzen interessierten, die,
wie er im Bus gesehen hatte, länger und dicker als sein
kleiner Finger waren.
Er zog sie aus, und sie lachte. – Was machst du? Das
ist was für Kinder! – Du hast doch genug, sagte er. Sie
hockte sich auf ihn und bewegte sich gleich so heftig,
daß es wehtat. Dabei tropfte ihm ihre Milch ins Gesicht.
Dann lagen sie still. Sie flüsterte ein Wort in sein Ohr,
mehrmals dasselbe Wort. Er verstand es nicht. Halb-
aufgerichtet blies er Zigarettenrauch an seinem Körper hinunter.

Er ist jung, dein Geliebter, sagte er und zeigte auf das Foto des Mestizen, das an der Petroleumlampe lehnte. – Das kann man wohl sagen. Sie hatte sich ein Fell um die Schultern gelegt und starrte auf ihre Zehen. – Er ist ja auch mein Sohn.

Mit dem Säugling im Arm schlief sie schnell ein. Im Nebenraum äfften die Kinder noch eine Weile das Stöhnen ihrer Mutter nach und kicherten. Lohser löschte die Lampe. Mit einem Ruck wölbten sich die Plastikplanen ins Zimmerinnere, und in der windigen, mondhellen Nacht schwankten die Silhouetten von Palmen.

Traumloser Schlaf – nur einmal erhob sich seine Hose, versuchte einen Schritt ohne ihn und sackte wieder neben das Bett. Er erwachte im Mund der Indianerin.

Nach einem Frühstuck aus Maisbrot und Cola trugen sie die Vitrine die Treppe hinunter und montierten sie auf den Karren. Die Morgensonne flammte und blitzte auf silbernen Helmen, ein Lkw voller Bauarbeiter rollte durch die Akazienallee vor der Tür. Gähnend bettelten die Kinder erste Passanten an.

Die Indianerin wollte nicht, daß sie zusammen in die Innenstadt gingen. Lohser bat sie um eine Schachtel Zigaretten; sie wies sein Geld nicht zurück, wollte das Wechselgeld nicht behalten. – Rauch nicht so viel, sagte sie und gab ihm Feuer. Sie küßte die Spitze ihres Zeigefingers. – Dein Samen schmeckt nach Nikotin.

In einem der Autos am Straßenrand schnarrte und fiepte ein Funkgerät. Im Vorübergehen erkannte er die Limousine, den fetten Fahrer aus Quito. Einen Kugelschreiber zwischen den Zähnen, blätterte er in einem Aktenordner.

Lohser ging zur Bushaltestelle, trank einen Kaffee in einer Imbißbude am Ufer. Raben steckten immer wieder ihre Schnäbel durch die Löcher im Wellblechdach, Rostpartikel rieselten auf die Tische, in die Tassen. Er zog das Briefpapier hervor und las das Geschriebene noch einmal. ... Was weiß ich. Aber ehe er einen weiteren Satz angefügt hatte, setzte sich ein betrunkener Plantagenarbeiter an seinen Tisch und legte eine Machete auf das Blatt.

Wie alt er auch gewesen sein mochte, seine Gesichtszüge waren älter, ein paar Zahnreste fast schwarz.

Du wirst ein Messer brauchen, Caballero. Lohser schüttelte den Kopf. – Danke, sagte er, ich habe eins. – Ist es tüchtig? – Sehr tüchtig. Der Mann strich mit den Fingerspitzen über die Machete. – Dieses ist tüchtiger. Es ist die Mutter der Messer. Und schneller, als Lohser die Hand darüberlegen konnte, hatte er aus einer großen Flasche Schnaps in seine Tasse geschüttet.

Wohin? – Muisne. – Donnerwetter! Wieso Muisne? – Wieso nicht? – Auch wahr. Er lehnte sich zurück, trank einen langen Schluck von dem braunen Fusel. Durch die Blasen, die in der Flasche emporstiegen, schien das Küchenfeuer.

Hab mal bei den Haifischjägern dort gearbeitet. Du weißt, daß Haie geschossen werden, weil sie die Netze zerreißen. Sie wittern auf weite Entfernung Blut. Also wirft man frische Fleischbrocken, geköpfte

Hühner, aufgeschlitzte Hunde ins Wasser. Du weißt das. Die Haie kommen, und man knallt sie ab. Leichte Arbeit, nicht schlecht bezahlt.

Und warum bist du nicht mehr dort? – Finstere Gesellen, sagte er, Motherfucker. Er klemmte den millimeterkurzen Stummel einer Marihuanazigarette zwischen zwei Münzen, saugte daran. – Ich sitze also auf der Bootsbank, das Gewehr ist geladen. Ich greife in den Fleischtopf, werfe eine tote Ratte ins Wasser. Nichts. Ich werfe einen halben Kampfhahn ins Wasser. Nichts. Ich denke: Verwöhntes Pack, ihr wollt wohl Steaks, greife nochmal in den Eimer. Und weißt du, was ich in der Hand halte? Er schlug auf den Tisch und lachte. – Weißt du, was ich zum Teufel nochmal in dieser Hand halte? Richtig, sagte er, obwohl Lohser nichts geantwortet hatte, du weißt das: einen Frauenfuß. Einen zarten, frisch abgehackten und nur ein bißchen blutverschmierten Frauenfuß. Muß jung und schön gewesen sein, die Kleine. Sogar Nagellack war noch dran.

Vor Schreck und Entsetzen lasse ich das Ding sofort ins Meer fallen. Und als ich schreie: Ein Fuß, da lag ein abgeschnittener Fuß im Eimer!, blicken die anderen mich nur düster an, heben ihre Flinten und schießen an mir vorbei in das schäumende, plötzlich von Haien wimmelnde Wasser.

Er warf einen schweren Tonaschenbecher hoch, gegen das Blechdach. Der Rabenschwarm rauschte auf und landete wieder. – Was also willst du in Muisne, Hombre. Ein Bus fuhr auf den Platz, und Lohser trank die Tasse leer, zuckte mit den Schultern. – Mein Bruder ist dort Polizist, sagte er.

Über das Armaturenbrett war eine goldbestickte Altardecke gebreitet. »Geschwindigkeit ist unser Gott«, stand auf dem oberen Teil der Windschutzscheibe, und der Fahrer machte ein Kreuzzeichen, bevor er den Zündschlüssel umdrehte.

Vor einem Lokal in der Vorstadt standen ein paar Huren und winkten. Alle trugen Nylons voller Laufmaschen und hatten sich die Augendeckel hellblau geschminkt. Zwischen ihnen, auf zusammengeschobenen Stühlen, lungerte der Junge in den Schlangenlederschuhen und reinigte sich die Fingernägel. Lohser erkannte den Griff aus Perlmutt und faßte in seine Hosentasche: kein Zweifel, der reinigte sich die Fingernägel mit seinem Stilett. Auch ein Fünfzigdollarschein, der in derselben Tasche gesteckt hatte, war fort.

Endlose Bananenplantagen. Er trommelte mit den Knöcheln gegen die Blechwand des Busses. Bananenplantagen. Die Bäume am Wegrand waren tief verstaubt; überhängende Blätter klatschten gegen das Dachgepäck, rissen knallend ab. Wind wehte feinen Sand und Vogelfedern gegen die Scheiben. Zwischen Müllkippen und hochgetürmten Schrottplätzen glänzte der Pazifische Ozean. Palmen, von den Lichtreflexen der Wellen gescheckt, reckten sich dem Horizont zu.

Müde vom Schnaps des Plantagenarbeiters, schlief Lohser ein. Im Traum erschlug er zwei Schlangen mit einem Hai.

Gegen Mittag wurde er von einem Bremsruck geweckt. Ringsum Dschungel, und die Straße war versackt, ein lehmgelber Kanal; fette Frösche sprangen vom Rand in das Wasser.

Endstation, sagte der Fahrer.

Muisne? murmelte eine alte Frau, außer Lohser der einzige Fahrgast, Muisne liegt am Meer, Señor. – Na bitte, sagte der Mann und schnippte seine Kippe in den Schlamm, da haben Sie das Meer. – Hier! sagte die Alte, hier ist meine Karte, bezahlt bis Muisne! – Und hier ist Regenzeit, sagte der Fahrer, Schluß. – Was Regenzeit! Im Januar ist Regenzeit. Wir haben Dezember. Ich habe bis zur Endstation bezahlt, nicht bis zur nächsten Pfütze! – Hier *ist* Endstation, gute Frau. – Hier ist Pfütze!

SALTO MORTALE stand über dem Eingang einer Baracke am Straßenrand. Ein Indianer schnitt Kartoffeln in eine brodelnde Suppe; blitzschnell flitzten die mondgelben Scheiben von der Klinge in den Topf.

Lohser aß ein Sandwich, trank ein Glas Milch. Als er zahlte, zeigte der Koch durch den Hinterausgang auf einen Schuppen, groß wie eine Scheune. Eine Katze saß vor dem Tor. Mit einem Tatzenschlag schleuderte sie einen Truthahnkopf durch die Luft.

Neben einem Dutzend gewöhnlicher Personenwagen standen ein paar schlammverkrustete Jeeps in dem Gebäude. Durch die Fugen der Bretterwände fielen Streifen Sonnenlichts darüber, Vogelstimmen. Junge Hunde schliefen in einem Pappkarton. Ein Mann in einem schwarzen Rollkragenpullover arbeitete an einem der Autos. Er war vielleicht fünfzig Jahre alt, sehr hager und trug eine Brille mit Goldrand. – Nicht ganz, sagte er und schlug die Motorhaube zu. Aber ein Stück weit kann ich Sie mitnehmen.

Die Räder des offenen zweisitzigen Geländewagens drehten durch, das Getriebe krachte. Steiniger Schlamm knirschte unter dem Blech, prasselte in hohem Bogen gegen die Palmen, riß Blätter aus den Büschen.

Hart am Wegrand fuhr der Mann, wo immer es ging. Die Stoßstange fetzte Rinde von den Bäumen, gekappte Schlingpflanzen sackten herab, Zweige schnellten reißend durchs Haar. Eine Bananenstaude mit offener Blüte – sie war innen grellorange – lag in der Spur und blieb zermalmt zurück.

So früh war es noch nie so schlimm, rief der Mann durch das Motorengeräusch hindurch. Normalerweise dauert die Regenzeit hier drei Monate. Vor zwei Jahren regnete es plötzlich sechs, im vorigen Jahr sogar zehn. Alles, was nicht aus Stein gebaut war in Muisne, also das meiste, faulte davon. Am Strand, wo früher ganz hübsche Fischrestaurants und Cafés standen, modern jetzt Ruinen. Die Maisfelder sind versumpft und die Mütter haben Regenwasser in den Brüsten.

Er grinste. Wieder und wieder rutschte der Wagen der Wegmitte zu. Und plötzlich sackte er weg. Lohser klammerte sich am Überrollbügel fest, ein Schwall lehmbrauner Brühe schwappte ihm in den Schoß. Der Mann fluchte, versuchte, das Auto im Rückwärtsgang aus der überschwemmten Spur zu steuern, und würgte es ab.

Die Reifen steckten fest, der Kühler qualmte, es zischte, gurgelte unter der Motorhaube. Sie stiegen aus, wobei Lohser bis zu den Knien im Matsch versank, stachen schwere Spurbleche wie Spaten unter die Vorderräder; sie ragten ein Stück weit in die Luft. Als er zurück ins Auto kletterte, blieb sein linker Schuh im Schlamm, versank. Er riß ihn zurück.

Ein Mann soll wenigstens ein Paar Schuhe besitzen.

Der Fahrer gab behutsam Gas, die Bleche senkten sich, die Reifen griffen. Durch die aufrauschenden Wasserwände leuchtete die Feuerfarbe wilder Freesien.

Schließlich war die Straße mit Stämmen ausgelegt, stieg an, wurde trockener. Die Wurzeln der Bäume am Böschungsrand waren freigespült, die Kronen, ineinandergestürzt, bildeten einen Tunnel, und langsam rollte der Wagen durch tiefgrüne Dämmerung.

Am späten Nachmittag hielt der Mann an einem felsigen Flußufer und stellte den Motor ab. Aus einem dichtbelaubten Baum ragte ein einzelner kahler Ast, auf dem ein Vogel hockte. Er war schwarz, und sein ellenlanger, orangeroter Krummschnabel wies hoheitsvoll über eine weithin dschungelbewachsene, von einem Delta geäderte Ebene – bis hin zu drei Rauchsäulen am Horizont, um die ein Hubschrauber kreiste.

Am anderen Ufer des Flußarms qualmten Kohlenmeiler in der Nachmittagssonne und nebelten eine kleine Ortschaft ein. Man erkannte ein paar Holzhäuser, zum Wasser hin hellblau oder rosa gestrichen, dahinter grau. Im Schlamm unter den moosigen

Pfahlbauten liefen Hunde auf der Suche nach Eßbarem herum.

Der betonierte Landungssteg, auf dem ein Kind Seilspringen übte, stieß an eine kurze Geschäftsstraße. Zwischen Fässerstapeln, aufgehäuften Kokosnüssen und Bananenstauden führte sie in die Dorfmitte, einen kleinen Park, in dem ein paar Bänke unter zinnoberroten Büschen standen. Weit hinter dem Bretterturm der Kirche schwankten gewaltige Palmen vor einem Himmel, unter dem Lohser sich nur das Meer denken konnte.

Alles Gute, sagte der Mann und zeigte auf eine Hängebrücke, ein Stück weiter flußaufwärts. Vier rostige Drahtseile; zwei dienten als Geländer, auf den beiden unteren lagen – in teilweise großen Abständen – lose, vielfach morsche und angebrochene Bretter. Vor den Hütten auf der anderen Seite hockten ein paar Frauen und Kinder, schälten Zuckerrohr und unterhielten sich mit einem Schwarzen, der eine kleine Pistolentasche am Gürtel und einen Stern auf dem Hemd trug.

Mit jedem Schritt zu ihrer Mitte hin begann die Brücke mehr zu schwingen. Die Bretter verschoben sich vor Lohsers Augen, er tippte jedes mit der Schuhspitze an, bevor er darauftrat. Tief unter ihm trieben Mülltüten, Ölkanister, Kokosnußschalen. Wirbel wendeten einen grauschwarzen Hundekadaver, kehrten seine abgefressenen Rippenbogen ans Licht.

Die Frauen blickten auf, die Kinder stießen einander an. Sie warfen die Schälmesser fort und rannten auf Lohser zu, daß die Bretter klapperten. Rannten mit

Geheul mehrmals unter seinen Armen hindurch und wieder zurück. Keines hielt sich am Geländer fest.

Nun schwangen die Seile, pendelte die Brücke meterweit aus. Zwei Bretter fielen in die Tiefe, fielen lange, ehe sie ins Wasser klatschten. Die Knie knickten zueinander, der angehaltene Atem blähte ihm die Backen. Er krampfte die Hände um die stacheligen Drahtseile, und als er hinunterblickte, in die Strömung, floß ihm der Fluß momentlang durch den Magen. Die Kinder schrien vor Lachen.

Er betrat festen Boden, doch schwankte die Brücke noch ein paar Schritte lang in ihm nach. – Na bitte, sagte der Polizist, und die Frauen applaudierten. Der Mann am anderen Ufer startete den Jeep und fuhr davon.

Viele Hütten am Wegrand standen offen, die Türvorhänge waren auf die Palmdächer hochgeschlagen. Im Halbdunkel glänzten schweißnasse Körper, Messingtöpfe, ein blauschwarzer Gewehrlauf, über den jemand mit einem Läppchen fuhr. Unzählige in den Lehm getretene Kronkorken funkelten wie Sternbilder vor den Schwellen.

In dem Restaurant am Ufer, einem düsteren Pfahlbau, war es so still, daß man das Plätschern der Flußwellen unter den Dielen hörte. Ein Stück weit fiel Sonnenlicht in den türlosen Eingang und schien durch eine Plastiktüte auf dem Boden. Darin schlief eine weiße Katze. Ein strenger Geruch hing in der Luft.

Die Köchin fragte aus der Küche heraus, was sie für Lohser tun könne. – Ein Bier, sagte eine rauhe, ruhige

Stimrne in einem Winkel neben der Tür; doch war durch das schräg einfallende, staubige Licht hindurch niemand zu erkennen. -- Gib ihm ein Bier, Amarilla.

Ein Schatten nahm der Frau die Flasche ab und füllte das Glas mit zitternder Hand. Der Mann, der schließlich an den Tisch trat, war klein und dürr, trug einen dunkelroten Indianerponcho und einen melonenartigen Filzhut, dessen Krempe auf den abstehenden Ohren lag. Er humpelte, und mit seinem Näherkommen war auch der Geruch übler geworden. Lohsers Grübeln fand ein Ende, als er am Kinn des Alten einen dünnen, grauen Bart sah. Der Mann roch nach Ziege.

Er setzte sich, schob ihm das Glas über den Tisch. – Obwohl Milch besser für Sie wäre, Señor. Sie haben müde Augen, wenn ich das einmal bemerken darf, und Ihre Wangen sind etwas durchsichtig im Gegenlicht. Ihnen fehlt die richtige Ernährung, Eiweiß und Mineralien. Sie sollten täglich Milch trinken, täglich Quark und Käse essen, und Sie werden stark sein wie ein Bock!

Blicken Sie nur in das schöne, seelenvolle Gesicht einer Ziege, und Sie wissen, was gut ist. Es ist doch völlig dumm und respektlos, die Tiere wegen ihres Geruchs zu ächten! Lesen Sie es nach: Der ganze Reichtum unserer heiligen Vorfahren und damit die Basis der gesamten christlichen Kultur beruhte auf Ziegenherden. Also ist die Gattung älter als das Alte Testament. Da kann man doch ein bißchen stinken!

Das ist ein Gedanke, sagte Lohser. Wo befindet sich denn Ihr Laden? – Ich habe keinen Laden. Mein Haus steht am Elektrizitätswerk. Sie kommen daran vorbei, wenn Sie zum Strand gehen. Ich heiße Perez, Jakob Perez.

Lohser fragte ihn nach einem Hotel am Meer und erfuhr, daß es keines gab. Aber ein gewisser Tangohammer, Don Armando, vermiete Cabañas, kleine Hütten mit Dusche. Sein Haus stehe am Ende des Wegs zum Strand.

Aus einem gegenüberliegenden Kleiderladen trat ein korpulenter Mann im Nadelstreifenanzug und überblickte mißmutig die Straße, wobei er die Spitzen seiner cremefarbenen Schuhe an den Hosenbeinen blank rieb. Er schien unendlich traurig und mit seinen dunkelblauen Schatten unter den Augen, seinem doppelten, ja dreifachen Kinn und den vielen Wülsten und Falten im Gesicht wie vom Schicksal verwakkelt.

Nachdem er ein paar Pullover und Hosen von den Bügeln genommen hatte, die unter dem Vordach hingen, sah er noch einmal nach links und rechts über die kurze Straße und wollte schon in seinem Laden verschwinden – da zuckten die gespitzten Ohren der Katze in der Plastiktüte, und der alte Perez schob den Hut aus der Stirn.

Das ganze Gesicht des Händlers verzog sich zu einer Freundlichkeit. Er ließ Hosen und Pullover auf einen Klappstuhl fallen und bleckte sein Gebiß, das vollständig war, wenn auch die einzelnen Zähne etwas weit auseinanderstanden. Selbst das Weiße in seinen Augen schien zu lächeln. Er langte in den Laden und hatte mit einem Griff drei Kleider beim Kragen, die er

33

vor seiner Brust auffächerte. Zärtlich strich er darüber, legte den Kopf schräg und ließ animierend die
Augenbrauen tanzen, während er einem Schatten zu-
redete, der sich langsam in Lohsers Blickfeld schob
und zu der rotblonden Frau gehörte.
Heute angekommen, flüsterte Perez. Vierzig Jahre zu
spät.
Sie hatte die Militärhose zu äußerst knappen Shorts
umgenäht und trug dazu das schwarze Oberteil eines
Bikinis. Ein schlichtes, dunkelviolettes Kleid schien
ihr zu gefallen. Wieder und wieder prüfte sie den
samtigen Stoff zwischen den Fingern. Die Nägel
glänzten klar lackiert. Der Verkäufer verschwand,
und einen Augenblick später schwankte ein Stück
Abendhimmel aus dem Laden, ein mannshoher Spiegel, goldgerahmt.
Touristin? fragte Lohser. – Journalistin, zischte Perez. Wohnt auch am Strand.
Die Frau hielt das Kleid vor ihren Körper, drehte sich
hin und her, lächelte, schmollte, zog scheinbar grol-
lend die Brauen zusammen und zeigte dem Spiegel, in
dem Lohser die Restauranttür sah und einen Schimmer seines verschwitzten Gesichts, die Zunge. Dann
warf sie sich den Fummel über die Schulter, zahlte
mit einem zerknüllten Geldschein und ging.
Der Verkäufer, nach einem Kratzfuß, blickte ihr eine
Weile nach. – An einem Auto würde ich die Farbe
zum Hupen finden, rief er leise herüber und verschwand in seinem Laden.

Sie gingen über den kleinen, blühenden Platz, der
Plaza de los Puercos hieß, Platz der Schweine. Die

von der späten Sonne durchglühten Büsche waren transparent wie rotes Glas, und die Schattenbilder winziger Vögel sprangen lautlos von Ast zu Ast. An der Kirche, einem verwitterten Holzbau, waren alle Fenster eingeschlagen. In dem schiefen Turmgerüst hing ein Eimer als Glocke.

Der Alte stolperte, griff nach Lohsers Arm. – Entschuldigen Sie! Bei Vollmond macht mein O-Bein Zicken. – Ihr O-Bein? – Jaja, ich habe nur eins, das linke. Das andere ist normal. Er stutzte. Unter den Zweigen einer Palmkrone, die neben dem zersplitterten Stamm welkte, lag ein Hund, fraß eine Orange. – Vorsicht! zischte Perez und humpelte in eine Gasse zwischen Bank und Bar.

Die Augen des Mannes, der unter dem Vordach einer Wäscherei lehnte und Lohser heranwinkte, schienen in abgestandenem Alkohol zu schwimmen. Seine bronzefarbene Haut glänzte, als hätte er sich mit den Haaren gleich das ganze Gesicht pomadisiert. Die Arme waren über und über tätowiert, und der muskulös ausgewuchtete Körper steckte in Khakihosen und einem weißen Shirt. Neben der blaßblauen Aufschrift »Brothers Billy« steckte ein Polizeiabzeichen.

Passport, sagte er, ohne daß sich die Lippen mit dem Menjoubärtchen oder der Zahnstocher in seinem Mundwinkel bewegten. Mitten über seine Stirn verlief eine senkrechte Narbe, die vermutlich von dem Versuch seines Schöpfers herrührte, etwas derart Mißratenes wieder aus der Welt zu schaffen, dachte Lohser. Geschwächt von so viel Abscheu

lichkeit, hatte er jedoch nur mit halber Kraft zuge-
schlagen.

Bundesrepublik Deutschland, sagte der Polizist, ist
das die kommunistische oder unsere Seite. – West-
deutschland, sagte Lohser, Ihre Seite. – Ein reiches
Land? – Ein Sonntagsbraten. – Und Sie haben – er
blätterte langsam, betrachtete jeden Stempel, jede
Eintragung –, Sie haben so viel Geld, um derart weite
Reisen zu machen?

Hinter ihm, in der Tür der Wäscherei, erschien eine
Frau und musterte Lohser aus braunen, neugierigen
Augen. Sie hatte sich die Haare, die vereinzelt grau
wurden, im Nacken zusammengebunden und hielt
eine Schüssel voll Mangelwäsche an der Hüfte. Das
schwarze Kleid war bis zum Hals geschlossen, doch
fehlte in Höhe des Herzens ein Knopf, so daß Lohser
eine Falte ihrer Brüste sah.

Die Frau bemerkte seinen Blick, schaute prüfend an
sich hinunter und gleich darauf, haarscharf an den
Brauen vorbei, mit gespielter Zurechtweisung in sein
Gesicht. Dann zog sie das Kleid vor der Brust zusammen, und etwas drückte gegen den Stoff, das vorher
so nicht dagewesen war. Sie räusperte sich. – Ich bin
hier fertig, Diego. Können wir bitte gehen.

Ich *hatte* etwas Geld, sagte Lohser und nahm seinen
Paß entgegen. Aber nun befinde ich mich gewisser-
maßen auf der Rückreise.

Hinter der Wäscherei lief ein Trampelpfad schnurgerade auf einen langen, lichten Wald aus Kokospalmen
zu, der den Strand umgrenzte. Ein paar vereinzelte,
von Wind und Wetter grauschwarz gefärbte Pfahl-

bauten und eine Hospitalbaracke standen in dem kniehohen Gras.

Aus einem garagenähnlichen Flachbau drang das Brummen eines Generators. Daneben, hinter einem Zaun aus Bambusstäben, weideten vier Ziegen; drei weitere blickten aus der Tür einer windschiefen Hütte, in deren Fenster eine Petroleumlampe flakkerte.

Die Silhouetten der Palmen wurden zusehends schwärzer vor dem späten Abendhimmel. Ringsum begann das rhythmische Quaken von Fröschen, Mückenschwärme trieben wie Rauchfahnen umher. Hoch über den Kronen der Bäume dunkelte es bereits, erste Sterne erschienen, während auf dem nassen, von der Ebbe freigelegten Strandstück das letzte Licht der Sonne flammte. Ein paar Kühe mit ihren Spiegelbildern trotteten darüber.

Das zweigeschossige Haus am Ende des Wegs war ganz aus Stein gebaut. Festgebunden am Geländer der Treppe, die zu einer Empore führte, sah ein schmutziger Schimmel aus groß verdrehten Augen auf. An seinem Sattel hing eine blankgeschliffene Machete.

Lohser rief, klopfte gegen einen der verschlossenen Fensterläden, und im ersten Stock wurde eine Tür geöffnet. Er sah Rauchschwaden, eine schwankende Glühbirne unter der Zimmerdecke, den Umriß eines erstaunlich dicken Mannes, Zigarettenglut.

Sicher, sagte er nach einem schnarchenden Atemzug, fast alle Hütten sind frei. Er trat einen Schritt näher, an das Geländer der Empore, das sich knackend etwas vorbog. – Zehn Dollar pro Tag. – Das ist viel, sagte Lohser. – Das ist normal.

Er konnte das Gesicht des Mannes nicht erkennen, das Licht schien an den nackten Schultern, dem massigen Oberkörper vorbei in seine Augen. – Und wenn ich länger bliebe? Wäre da eine Art Rabatt möglich?

Länger? Wie lange wollen Sie denn bleiben? Lohser hörte einen Hauch von Nachgiebigkeit in seiner Stimme und sagte: Einen Monat, vielleicht sogar mehr.

Der andere schwieg, schien zu rechnen. – Aber nein, sagte er dann, unmöglich. Meine Frau wird keinen Rabatt erlauben, in dieser Hinsicht ist sie eisern. Oder warten Sie: vielleicht einen kleinen, vielleicht ... Doch nein, das sähe ihr gar nicht ähnlich. Lassen wir es bei dem Preis.

Kann ich, fragte Lohser behutsam, kann ich vielleicht einmal mit Ihrer Frau sprechen?

Die Tür hinter dem Mann fiel knarrend ins Schloß. Sie standen im Dunkeln. Er hustete, zog ein großes Tuch aus der Tasche und schneuzte sich, daß ein Schauer über das Fell des Schimmels fuhr. – Das geht nicht, sagte er, und seine Stimme klang nun fast weinerlich: Sie hat mich verlassen.

Eine Weile schwiegen sie. Lohser blickte über die glasierten Dachziegel hinaus in den Nachthimmel, wo der Flügelschlag eines großen, schwarzen Vogels die Sterne sekundenschnell auslöschte und wieder aufblitzen ließ.

Aber was belästige ich Sie mit meinem Kummer, sagte Don Armando. Weg ist weg. Kommen Sie rauf, dann gebe ich Ihnen Schlüssel und Bettwäsche. Über den Preis werden wir uns schon verständigen.

Das Mobiliar des Raums bestand aus einem Kasten Bier und einem Schreibtisch, auf dem Bücherstapel und ineinandergerutschte Aktenhaufen einen kleinen Computer überwucherten. Don Armando, in Cordhosen und Unterhemd, war alt, sehr alt. Schlaff hing das Fett an Hüften, Brust und Oberarmen und war von einem Geflecht feiner Fältchen wie von Spinnennetzen bedeckt. Im Verhältnis zum übrigen Körper hätte man seinen weißhaarigen Kopf mit den schlauen, grauen Augen winzig nennen können. Ein Spatzenkopf auf einem Schwein, wäre da nicht ein Ausdruck geistesgegenwärtiger Zerstreutheit gewesen, wie man ihn oft bei Politikern oder Managern beobachten kann, eine Miene, die verriet, daß sich ihr Besitzer nicht mit Kleinigkeiten aufhielt, ein von überpersönlichen Belangen durchgebildetes Gesicht, das ihm eine einschüchternde Größe verlieh.
Im Licht der Glühbirne erkannte Lohser in Don Armando auch ohne die Sonnenbrille jenen Fahrer der Limousine, gegen die er in Quito getreten hatte.

Willkommen in meinem Haus! Der Mann grinste, gab ihm eine gepflegte, weiche Hand, die erstaunlich fest zugriff. – Auf den ersten Blick kamen Sie mir bekannt vor, aber schließlich bin ich alt, und mein Gedächtnis ist vermutlich kalkhaltiger als ein Hundeknochen.
Sie haben Cabaña Nummer drei, ungefähr hundert Meter rechts, wenn Sie an den Strand kommen. Seien

Sie sparsam mit dem Süßwasser, und kriegen Sie keinen Herzanfall, wenn es manchmal kracht. Das sind Kokosnüsse, die auf das Blechdach fallen, höhere Gewalt. Wünschen Sie noch Zigaretten oder irgendwelche Getränke?

Bier, sagte Lohser, verkaufen Sie Bier? Der Alte zog zwei Flaschen aus dem Kasten. – Deutscher? – Sieht man das? – Natürlich nicht, aber Ihr Spanisch klingt so.

Der Schimmel war fort und der Strand, soweit Lohser ihn in der mondhellen Nacht übersehen konnte, menschenleer. Er kam an mehreren Ruinen vorüber, zusammengebrochenen, versandeten Holzhäusern, schwarzem, bizarrem Balkenwerk, im Wind klappernden Resten eines Wellblechdachs. Überhaupt war der ganze Uferstreifen dicht übersät mit Treibholz, Brettern, Bohlen und zersplitterten Stämmen, ausgebleichtem Ast- und Wurzelwerk und mutete wie eine endlose Knochenhalde an, über die er, zwei Bettlaken im Arm, zu seinem Haus stolperte.

Es war eine weiße Holzhütte mit einer Veranda zum Meer hin. Die Einrichtung des einzigen Zimmers bestand aus einem Tisch, zwei Stühlen, einem Bett und einem Moskitonetz voller Brandlöcher. Das elektrische Licht funktionierte flackernd. Er duschte in einer engen Kammer; auf den Wänden hockten ein Dutzend Spinnen samt ihrer langbeinigen Schatten.

Der Himmel zog sich in Windeseile zu, und je mehr Sterne ausgelöscht wurden von einem tintigen Wolkenfeld, desto schärfer zeichnete sich der Halbkreis ab, den der Schein der Verandalampe vor der Hütte beschrieb. Lohser stellte einen Stuhl hinaus, öffnete eine Flasche und glättete den Brief an Lydia auf den Knien. Immer wieder taumelte eine Motte gegen die Glühbirne. Von ihren Flügeln rieselte goldfarbener Staub auf seinen Handrücken.

Der Diebstahl meiner Ausrüstung war das Zeichen, schrieb er. Ich mußte Schluß machen mit meiner trägen Unentschlossenheit. Die Bilder, die ich aufnahm, interessierten mich ohnehin nur noch insofern, als sie mir Geld brachten für die Drinks in Bars, in denen ich vergaß, daß mich nichts mehr interessierte. Mir war ja längst alles, Teilnahme oder Abscheu, zu einer Frage der Belichtung verkommen. Jedes Foto, das ich von den haarsträubenden Zuständen machte, vermehrte die Gewöhnung daran, bis ich mich in einer nüchternen Viertelstunde selbst als haarsträubenden Zustand empfand, kalt bis in die Knochen, und schlagartig einsah: Es muß anders werden mit mir.
Entschuldige diesen Ton und erspare mir Einzelheiten. Man ist nicht mehr naiv genug für Einzelheiten.
Es muß anders werden mit mir; und daß das nicht in Berlin oder der Bundesrepublik geht, dürfte klar sein, selbst wenn jeder andere Ort dem meiner Herkunft nur voraus hätte, daß er *nicht* Deutschland ist. Anders kann es für mich nur woanders werden.
Ich werde mir einen Ort an dieser Küste suchen. Mehr als jede Heimat brauche ich einen inneren Himmel, und der wird mir zu Hause Tag für Tag vernagelt. Dort, in jener bis zum Ersticken festgefügten Zusam-

menhanglosigkeit finde ich schon lange keine Worte mehr, nur noch müde Flüche. Schau Dir doch das Parlament, die sogenannten Volksvertreter an. Kein Stall mit der gleichen Anzahl Schweine brächte so viel Fett auf die Waage.

Im Ernst, ich werde nicht zurückkehren in die Umstände, in denen mir nichts mehr zu Herzen, alles nur noch auf die Nerven geht, und die mich ausgebleicht haben bis auf einen zynischen Rest. Und ich werde nicht mehr zurückkehren zu Dir, liebe Lydia, in das Verhältnis, dem ich aus Scham vor unserer Gewöhnung oft einen größeren Namen gab, als ihm zustand. – Laß uns, in aller Freundschaft, absehen voneinander, um Blick und Herz wieder freizubekommen für die Möglichkeit der Liebe, die doch von dem, was Du unsere »Beziehung« nennst, nur verstellt wird. Wenn Liebe das Leben des Lebens ist, sind wir noch gar nicht auf der Welt, mein Engel.

Es knackte in der Nähe – Reisig im Rhythmus langsamer Schritte. Kein Stern mehr zu sehen; Schwärze. Wind, der in den Kronen der Palmen zischte.

Am Rand des Lampenscheins glänzte die Nase eines kleinen, struppigen Hundes. Neugierig legte er den Kopf schräg. Die Glühbirne glimmte rotbraun in seinen Augen, und als er das Maul etwas öffnete, schien er zu lächeln.

Lohser ging in die Hütte und kramte ein paar Schokoladenkekse aus dem Gepäck. Da hörte er ein klatschendes Geräusch, ein Knurren und Jaulen, und als er wieder auf die Veranda trat, war der Hund verschwunden.

An seiner Stelle stand ein Mann, das heißt – stumpf abgehoben vom lackschwarzen Meer – die Silhouette eines Mannes, denn sichtbar im Licht befanden sich nur seine Schuhspitzen aus Schlangenleder.

Die Motte fiel zu Boden. Die aufgerissene Kekspakkung in der Hand, fuhr Lohser mit dem Daumen über die Zähnchen der Perforation. Ein Windstoß wehte ihm das Haar ins Gesicht und ließ die Hosenbeine flattern.

Ich glaube, du bist mir noch etwas schuldig, Chico. Die Schuhspitzen verschwanden. Eine Fledermaus schoß so nah vorbei, daß das Schwirren der Flügel zu hören war, ein Geräusch wie das Nachzittern einer Bogensehne. Dem der Klang der hervorschnellenden Klinge folgte.

Klar!, sagte der Junge jenseits des schwankenden Lichtkreises. Und du kannst dir sogar aussuchen, wohin du's haben willst, Hombre. In den Arsch oder zwischen die Rippen?

Mit einem Fausthieb löschte Lohser die Lampe, packte den Stuhl und schleuderte ihn in die Dunkelheit, wo er auf Treibholz schlug. Hinter die Verandabrüstung geduckt, starrte er durch die Zwischenräume des Geländers, ohne etwas zu erkennen. Irgendwo bellte ein Hund, ein pausenloses, wütendes Kläffen im Rhythmus seines Herzschlags.

Dann riß der Himmel, und er sah den Jungen über den hellen Strandstreifen rennen. Mondlicht schien durch sein flatterndes Hemd, und er hieb mit dem Stilett durch die Luft, als wollte er den Wind zerfetzen.

Irgendwann nachts begann es zu regnen. Hell war der Klang der ersten Tropfen auf dem Dach – im Traum das Tapsen und Kratzen von Raben. Dann preschten immer lautere Schauer über das Blech. Schließlich – Lohser saß lauschend unter dem Moskitonetz – vibrierte die Hütte, als gösse es Kies.

Zwei orangerote Kolibris umschwirrten den Schoko-
ladenkeks auf der Verandabrüstung. Der Hund
schlief im Gras. Der Kondensstreifen eines Düsenjägers unterstrich das wolkenlose Blau des Himmels,
und zahnweiß glänzten die Steine, die das vom Dach
gelaufene Wasser aus dem Sand gewaschen hatte.
Weit draußen in dem knöcheltiefen Meer stand der
Stuhl.

Grünes Silber, dachte Lohser angesichts der über-
sonnten Palmzweige. Auf den verkohlten Ruinen
einiger Holzhäuser hockten Möwenschwärme, lautlos, und am Horizont, wo die Linie der Wasserober-
fläche mit der Kokosplantage zusammentraf, stiegen
drei schmale Rauchsäulen nahezu parallel in den
Himmel.

Er kam an einer Hütte vorüber, auf deren Veranda
ein irisierendes Wäschestück hing. Hinter den Fensterläden hörte er Geräusche – ein Poltern, eine
dunkle, verstellt klingende Männerstimme, das Kichern einer Frau. Vor der Tür lagen ein Beutel Nähzeug und eine Illustrierte, »El Matador«, deren Seiten
aufgefächert wurden. Einen Windstoß lang rannten
unzählige Stiere in unzählige rote Tücher, und das
Wäschestück, ein Bodysuit aus schwarzer Spitze,
rutschte von der Leine. Lohser fing es auf und roch
daran, während er der Melodie der Bettfedern hinter
den Brettern lauschte.

Über einen Pfad aus Balken und Bohlen durchquerte er ein Stück Sumpfland, in dem ein Schild davor warnte, vom Weg abzukommen. Wieder dieses Licht, die Schärfe der Kontur, jedes Schilfblatt eine Klinge, und er fragte sich, ob *er* es war, der die Bilder so genau sah, oder ob es nicht vielmehr diese Bilder sind, die sich – eine Art Zuneigung – derart haarfein zu erkennen geben.

Der Weg mündete im Hof der Hospitalbaracke. Im Schatten eines Magnolienbaums lag ein Mann auf einem unbezogenen Bett. Anfang Fünfzig, dünnes, blondes Haar und hohe Geheimratsecken, ein Charakterkopf, wie man einmal sagte, wirkte er matt und ausgezehrt. Er trug Bluejeans und einen offenen weißen Kittel, aus dessen Tasche ein Stethoskop hing. Auf einer Apfelsinenkiste stand ein Glas Rotwein.

Die Hände im Nacken verschränkt und eine Zigarette im Mundwinkel, grinste er so unverhohlen ironisch, daß Lohser sich momentlang ertappt fühlte – freilich ohne zu wissen, wobei.

Guten Morgen, sagte er und stolperte über einen Stein zum Bett hin. – Keine Arbeit?

Der Arzt verengte die geröteten Augen. – Kommt schon noch. Arbeit gibt's hier schneller, als man weglaufen kann. Welche Blutgruppe haben Sie?

Lohser kratzte sich den Kopf. – Beaujolais sec supérieur 1983, antwortete er. – Nicht schlecht! Der andere hob sein Glas: Château Montrose 1981, A. C. Kometenwein.

Donnerwetter! Wo haben Sie den aufgetrieben?

Beziehungen, sagte der Arzt. Hab mal eine Stewardeß der Air France von einer Krankheit geheilt, die sie gar nicht hatte. Seither finde ich nicht mehr raus aus dem Rausch. Er reichte Lohser das Glas. – Vielleicht kommen Sie einmal zu mir? Abends ist es einsam in den Sümpfen, und ich habe Schätze im Medizinschrank.

Der Eingeladene hielt seine Nase über den Wein – ein Duft, der den ausströmenden Atem ohne sein Zutun in ein Ja verwandelte.

Im Restaurant bestellte er Kaffee und aß Spiegeleier, während er zusah, wie sich mehr und mehr Menschen vor dem Landungssteg versammelten, wo ein Frachter angelegt hatte.

Mit knallenden Absätzen und einem metallischen Mahlzeit! stiefelten drei Männer ins Lokal, lehnten drei Gewehre an die Wand und verlangten Bier.

Huren ... sagte einer, trank einen Schluck und rülpste, als wollte er am anderen Flußufer gehört werden. An seiner linken Hand fehlten vier Finger.

Sind Sie verheiratet, Señor? Lohser winkte mit Messer und Gabel ab. – Amerikaner? fragte ein anderer über die Schulter hinweg; er trug einen speckigen Lederhut. – Nein, Deutscher. – Ah, Rolls Royce? – Mercedes. – Auch gut. Gibt es eigentlich Amerikaner in Deutschland? – Eine Gebäcksorte heißt so. Außerdem stopfen sie das Land mit Waffen voll. – Logisch, sagte der dritte, auf dessen Glatze ein fauchendes Löwenhaupt tätowiert war. – Deutschland hat zweimal die Welt zum Schlachtfeld gemacht, jetzt macht die Welt eben Deutschland zum Schlachtfeld. – Logisch, sagte Lohser.

In strengem Trab ritt ein Mestize den schmutzigen

Schimmel über die Geschäftsstraße. Er lenkte das nervös trippelnde Tier auf den Landungssteg, in die Menschenmenge, die sich vor ihm öffnete und hinter ihm schloß, gab ein paar Kommandos, und die Klinge einer langstieligen Axt hob und senkte sich mehrmals. Er hielt die Zügel so fest, daß die Knöchel seiner Fäuste weiß hervortraten und das Pferd die Zähne fletschte. Es war ein wenig zu klein für den Reiter, was dessen gravitätischer Haltung etwas Komisches gab, doch als er es wendete und an der Restauranttür vorüberritt, bemerkte Lohser in seinem hageren Gesicht jene vornehme Brutalität, die ihm bereits an Don Armando aufgefallen war. An jeder Seite seines Sattels hing ein halber Hai.

Am Bootssteg wurden Gedärme hochgeworfen und von Möwen in der Luft zerrissen. Kinder schulterten große Fischstücke und besahen im Davongehen das blutige Wechselgeld in den Händen.

Was sind Sie von Beruf, fragte der mit dem Lederhut. Er drehte seinen Stuhl um, langte auf Lohsers Tisch, nahm sich eine Zigarette. – Und wo ist Ihre Kamera?

Geklaut, sagte er und schnappte nach seiner Schachtel, ehe der Glatzkopf sich bedienen konnte. – Was macht denn ein Fotograf ohne Kamera? – Er fotografiert nicht. Er lernt wieder, sich umzusehen. – Sicher. Aber ich meinte, wovon lebt er? – Keine Ahnung. Vielleicht lebt er ja gar nicht. Vielleicht ist alles nur ein Traum. – Genau, rief der ohne Finger und brachte neues Bier aus der Küche. – Für die Fische ist die Erde der Himmel. Uns träumen die Haie!

Auf dem Tresen des Lebensmittelladens stand ein verchromter Grill, in dem fünf knusprig braune Tiere gedreht wurden. Sie waren der Länge nach aufgespießt, die Mäuler klafften weit auseinander, die erstaunlich langen Nagezähne blitzten im Licht. Daneben, in ihrem neuen Kleid, lehnte die rotblonde Frau und blätterte in einer Zeitschrift; lauter fleischfarbene Seiten.

Sieh an, sagte sie auf deutsch, und ohne aufzusehen: der Deutsche. Lohser zog die Tür zu. – Quel est votre problème, Mademoiselle? Sie stopfte das Blatt in den Ständer zurück. – Für dich immer noch Madame. Und wenn hier jemand Probleme hat, und zwar gewaltige, dann bist du es wohl. Dein feiges Verhalten auf dem Marktplatz in Quito läßt jedenfalls darauf schließen. – So? – Ja, so, äffte sie mit krausgezogener Nase. – Das enge, violette Kleid stand ihr vorzüglich.

Typen wie dich kennt man, ohne sie je getroffen zu haben. Immer den Kopf in den Sand, wenn was passiert! Sie nahm eine volle Plastiktüte vom Verkäufer entgegen und blies sich eine Strähne aus der Stirn. Das sollte unwirsch aussehen, und wirklich verliehen ihr die auffliegenden Haarspitzen momentlang kleine Hörner.

Seien Sie doch nicht so widerborstig, sagte Lohser und bückte sich nach dem Wechselgeld, das ihr heruntergefallen war. – Sie leben doch noch. Und überhaupt: Warum duzen Sie mich? Haben wir schon mal miteinander gevögelt?

Ihr Blick weitete sich eine Schrecksekunde lang, eine Zornfalte über der Nasenwurzel verschwand. Langsam hob sie das Kinn, verengte die Augen und lächelte mit herabgezogenen Mundwinkeln. – Dann, sagte sie ein wenig heiser und drückte die Plastiktüte fester an den Körper, dann würde ich dich jetzt vermutlich siezen.

Vor Hochachtung, sagte Lohser und verlangte ein Glas Pulverkaffee. – Moment! rief er, als sie sich brüsk der Tür zuwendete. Erzählen Sie mir doch mal, warum Sie mich in Quito auf deutsch angesprochen haben. Ich hätte doch auch Amerikaner oder Pole oder sonstwas sein können. Oder sieht man mir den Deutschen an?

Sie blickte spöttisch an ihm hinunter. Natürlich hatte er keinen Bauch. Trotzdem zog er ihn ein. – Nun, ich habe dich beobachtet, sagte sie und stellte ihre Tüte nochmal ab. – Machte sie das Kleid in den Hüften nicht doch etwas breit? – Und, fragte er, was haben Sie gesehen?

Du warst auf den ersten Blick verliebt in einen kleinen Rasierpinsel, ein Schnapsglas voller Gießharz, in dem ein Busch Borsten steckte, stimmt's? Und auch von den anderen Dingen, die dort auf der Indianerdecke ausgebreitet lagen, warst du entzückt: von den kleinen Messingtieren, der bemalten Schlangenhaut, der gläsernen Flöte, dem Hahn aus Holz. Alles drehtest du um und um, während du mit der Marktfrau sprachst, und obwohl dein Spanisch perfekt ist, erkannte ich dich an den immer gleichen Worten als Deutschen und ging meiner Wege.

Nanu, murmelte Lohser, habe ich wieder die Nationalhymne gebrüllt?

Wenn alle Milliarden Menschen dieser Welt dieselbe

Sprache sprächen – ein Deutscher bliebe unverkennbar ein Deutscher und stäche hervor aus diesem Einheitsbrei mit dem immer gleichen Satz, sagte sie. Die ganze Essenz seines Sprachvermögens – eines Sprachvermögens von Postkartengröße – steckt in der Frage: Was kostet das?

Überall, sogar in den USA, geht es den meisten Menschen in materieller Hinsicht schlechter als den Bundesdeutschen. Und doch sind es immer nur sie, die nicht interessiert, wie gut oder schlecht, wie schön oder häßlich, banal oder erhaben – sondern wie teuer oder billig etwas ist. Und wenn es teuer ist, wo es billiger zu haben ist. Und wenn es billig ist, wo es noch billiger zu haben ist. Und wenn es geschenkt ist, wo es mehr davon gibt.

Ich bin an vielen schönen und ergreifenden Orten der Erde gewesen, fuhr sie fort, und immer habe ich Deutsche daran erkannt. Ich bin, zum Beispiel, nach Mexico gereist, nach Palenque, und es hat mir den Atem verschlagen in dieser dschungelumwucherten Tempelstadt, in der wie nirgendwo sonst die Abwesenheit Gottes zu fühlen ist. Ich verstummte bis in die Herzspitze hinein und wußte, daß dieses Verstummen das erste wahrhaftige Gebet meines Lebens war – als neben mir zwei Deutsche, zwei Rucksack-Bayern in kurzen Hosen und Gesundheitslatschen, zu schwärmen begannen, wie schön ruhig es doch da sei, wie angenehm kühl in dieser frühen Morgenstunde, wie vorteilhaft für den Belichtungsmesser. Wenn nur die Hotels nicht so teuer wären, Hotels und Restaurants, das sei ja der reinste Touristennepp da, gar kein Vergleich mit Sri Lanka zum Beispiel, weißt du noch,

Sri Lanka im vorigen Jahr, da konnte man essen für zwei Mark fünfzig, Bier und Bedienung inklusive, da war man für zwei Mark fünfzig satt! – Sie schlug mit der Faust auf den Grill, der kurz stockte in seiner Drehbewegung.

Eine hervorragende Rede, sagte Lohser und stopfte sich das Kaffeeglas in die Hosentasche. – Was bin ich schuldig?

Er hatte den Verkäufer gemeint. Die Frau runzelte die Stirn, nahm ihre Tüte wieder auf. – Was hast du denn zu bieten?

Du würdest staunen, sagte er aus dem Mundwinkel heraus, und sie drückte die Ladentür mit der Hüfte auf. Ein Läutwerk schrillte lange, aufreibend lange. – Na, mal sehen, sagte sie. Ich bin ab achtzehn Uhr in meiner Hütte am Strand, hundert Meter links, wenn du zu dem Steinhaus kommst. – Die mit dem Nähzeug auf der Veranda und den Liebesseufzern hinter der Tür, sagte er.

Dann hast du also die ganzen Knoten in meinen Bodysuit gemacht?

Ihre Wangen waren leicht gerötet. Hinausgehend rempelte sie den eintretenden Perez an und entschuldigte sich nicht.

Blöde Ziege, rief der Alte ihr nach und schlug sich die Faust an die Brust. Eine kleine Staubwolke puffte hervor.

Er gab Lohser seine schmutzverkrustete Hand. – Natürlich habe ich damit nichts gegen die Tiere gesagt, Señor. Wenn alle Frauen so klug und ehrlich wie Ziegen wären, hätten wir eine friedlichere Welt.

Freilich wäre der Gestank dann kaum noch auszuhalten, sagte der Lebensmittelhändler und wickelte in Zeitungspapier, was der Alte zuvor verlangt hatte: ein gegrilltes Meerschweinchen. Der warf ihm eine Münze zu. – Maul halten, Krämerseele. Kümmere dich um deinen eigenen Dreck. In den Regalen wächst schon Gras!

Übrigens liegt Ihr Käse bereit, Señor. – Er hielt Lohser die Ladentür auf und humpelte neben ihm über die Straße. – Käse, wie Sie ihn in dieser Region nicht mehr finden: leicht wie ein Lächeln, rein wie das Weiße in den Augen der Frau, die Ihre Kraft bestaunen wird, ehrlich wie das Bibelwort, nur frischer ...

Lohser unterbrach ihn mit der Frage, wie spät es sei. Er blinzelte in den Himmel. – Irgendwas zwischen elf und zwölf, antwortete er, genau kann ich es Ihnen nicht sagen. Zazie hat meine Uhr gefressen. – Zazie? – Meine Lieblingsziege. Ein Fluch muß sie gestreift haben. Oder der Dämon der Zerstörung, der diesen Ort beherrscht und die Niedertracht ins Kraut schießen läßt, das ganze sündige Pack. Die haben Herzen aus Schweinefleisch und Köpfe voller Mist. Sie suhlen sich in der ewigen Jauchegrube, in der die Geldsäcke obenauf schwimmen, immer obenauf, und die Guten auf dem Grund vermodern. Ein Fluch verdarb sogar den Regen, der einmal ein Segen war und uns jetzt die Haare vom Kopf frißt. Und nun hat er sogar meine Zazie erwischt. Ich meine, der Fluch. Zum Glück war sie aus Plastik. – Wer, fragte Lohser verdutzt. – Na die Uhr, sagte der Alte. So eine moderne, ganz aus weichem Plastik, fast ein bißchen wie Lakritz. Wird also schon verdaut sein.

An einem Blechtisch vor der Bar – »Bar de la Fama« – saßen die Polizisten und ließen sich zwei große Schnäpse einschenken. Jeder zwei. Hastig wechselte Perez die Seite und humpelte in Lohsers Deckung weiter.

Sie haben Angst vor der Polizei? – Vor Black and White? Ach, Angst würde ich es nicht nennen. Sagen wir, ich bin vorsichtig. Die Friedfertigkeit der Ziegen provoziert den Blutdurst der Wölfe. Die können mich nicht riechen, die Brüder.

Die Mittagshitze verschlang die Schatten. Über den Sümpfen vibrierte die Luft. Die Konturen der Holzhäuser schlingerten, und eine einzelne Möwe schwebte durch den Glast wie unter Wasser.

... nicht riechen, wiederholte Perez auf dem Weg zum Strand, aber sie werden mich kennenlernen. Und ein Gesicht vom Stapel lassen, daß es kracht! Die Tiere sollen ihre Seelen fressen, die Tiere der Tiefe, und Schluß dann mit dem Stern aus Fleisch! Ich werde ihnen in die Wunden spucken. Oder bin ich ein Dreck? Habe ich Charakter-Ratten? Kommt nicht in Frage. Kadaverkultur!

Er ging ein paar Schritte voraus, murmelte gestikulierend weiter, und Lohser bemerkte zum ersten Mal, daß alles an ihm angefressen war: die Schäfte seiner Gummistiefel, die Säume des Ponchos, der Hutrand – der ganze Mann sah aus wie eine rundum angebissene Stulle.

Sie kamen am Elektrizitätswerk vorüber. Der Generator war ausgeschaltet. In dem schattigen Maschinenraum glimmte die Zigarettenglut eines Mechanikers.

Perez öffnete das wackelige Gatter zu seinem Grundstück einen Spalt breit, huschte hindurch und schloß es wieder. Weiß und rehbraun waren die großen Ziegen, die vor der Hütte grasten, schwarz die kleine, die auf dem Dach stand und ihn mit einem Meckern begrüßte.

Sekunde, sagte er und legte das gegrillte Meerschweinchen auf einen Zaunpfahl. Sie bekommen sofort Ihren Käse, Señor. Und ehe Lohser etwas einwenden konnte, war er davon.

Die Verpackung aus Zeitungspapier hatte sich gelöst. Der Braten roch nach Basilikum. Das unglaublich weit aufgerissene Maul des Tiers schrie förmlich nach einem Apfel oder einer Tomate. In den leeren Augenlöchern hätte etwas Petersilie gut ausgesehen. Er zupfte ein wenig Fleisch vom Schenkel. Es war dem von Grillhähnchen ähnlich, doch brachte er es nicht in den Mund. Mit der Fingerspitze drückte er auf die gebratene Nase. Die Kiefer, nach kurzem Widerstand, schlossen sich knackend; die langen Nagezähne glitten wie zwei Mondsicheln ineinander.

Kaum ließ er los, öffnete sich das Maul wieder, langsam, wie gähnend. Durch Rachen und aufgeschlitzten Bauch schien die Sonne auf ein Zeitungsfoto, eine Schönheitskönigin, und ein fernes Sirren wurde lauter und explodierte in einem gewaltigen Fauchen. Die Ziege sprang vom Dach. Lohser schnellte herum.

Dicht und schnurgerade über die Palmreihe hinweg schoß ein Düsenjäger. Man konnte den Piloten in der Kanzel, die Nationalfarben an seinem Helm erkennen.

Vom Flugwind zunächst tief hinabgedrückt, schnellten die Baumkronen hinter der Maschine hoch, wippten auf und nieder. Die Stämme knirschten und knarrten, die lange Plantage wand sich, schien zu tanzen im verschwimmenden Licht. Ausgerissene Zweige, aufgescheuchte Möwen überschlugen sich in der Luft – und traubenweise prasselten reife Kokosnüsse in den Sand. Lohser fühlte den trommelnden Aufprall der Fruchtdolden unter den Füßen.
Kurz vor den drei Rauchsäulen schwenkte die Maschine, nun ein mückengroßes Pünktchen, ab und verschwand überm Meer.

Er schluckte den Druck in den Ohren hinunter und überflog die glänzende Zeile langsam ausschwingender Bäume noch einmal rückwärts – bis hin zu Don Armandos Haus. Es stand am Ende des Wegs, vielleicht hundertfünfzig Meter entfernt, die Fensterläden waren geschlossen, im Sand brüteten Hühner.
Er hatte sich nicht geirrt. Auf der Empore, wild gestreift von Sonnenlicht und den Schatten der Palmzweige, stand die rotblonde Frau.
Er hörte mehrmals metallisches Knacken, und ihre ungeduldigen, heftigen Bewegungen – immer wieder stemmte sie ein Knie hoch, eine Schulter vor – sowie der aufblitzende Gegenstand in ihrer Faust ließen darauf schließen, daß sie sich an der Tür zu schaffen machte. Im Dorf schlug der Blecheimer zwölf.

Perez kam aus seiner Hütte, hielt ein ziegelsteingroßes, in ein Palmblatt gewickeltes Stück Käse über den Zaun. – Wenn Sie das gegessen haben, werden Sie nicht mehr so blaß aussehen, sagte er und nannte einen Preis.

Die Summe war so niedrig, daß Lohser sich enttäuscht sah in der Hoffnung, den Alten handelnd von der Entdeckung der Frau auf der Empore abzulenken. Er versuchte, seinen wäßrigen, weißbewimperten Blick zu fixieren, kramte nach Kleingeld und sagte, daß er ein wenig mehr schon wert sein werde, der gute ... – Ach was, wandte Perez ein und streckte eine zitternde Hand vor. Geben Sie schon. Das Zeug muß weg.

Er stopfte Münze um Münze in sein Hutband, und als er sich umwenden wollte – und zwar so, daß er die Einbrechende kaum übersehen hätte –, schnappte Lohser nach seinem Arm und zog das Männlein dicht an den Zaun heran.

Es machte große Augen, bog den Kopf weg, hob eine Hand vors Gesicht. – Was gibt das nun, junger Mann? Die schwarze Ziege streifte mit den Hörnerstummeln über das Bambusgatter, das wie ein verstimmtes Xylophon klang.

Lohser neigte die Stirn und fragte leise, fast flüsternd, was das sei – dort, in seinem Rücken. Perez reckte den Hals, um über seine Schulter zu spähen. – Was meinen Sie? Auch er flüsterte, und Lohser blickte ihm streng in die Augen. – Sehen Sie es nicht? Perez stellte sich auf die Fußspitzen. – Sie sind so groß, sagte er und legte den Kopf derart hart in den Nacken, daß ihm die Hutkrempe über die Augen rutschte. – Ich sehe nichts, Señor! Lohser zog ihn noch näher an sich und sagte heiser: Rauch!

Er fragte nach den Rauchsäulen am Horizont und

was dort brenne. – Ach, zum Teufel! Der Alte befreite sich aus dem Griff, rieb seinen Arm. – Was weiß denn ich ... Die Heilige Dreifaltigkeit! Und er nahm das Meerschweinchen und humpelte in seine Hütte, während die Frau durch die aufgebrochene Tür in dem Haus verschwand.

Lohser mußte daran vorbei, es gab keinen anderen Weg, es sei denn, durch den Sumpf. Er war ziemlich sicher, daß sie ihn bemerkt hatte, doch schien sie ihn für keine Gefahr zu halten, mit seinem Stillschweigen zu rechnen. Der Gedanke an eine ungewollte Komplizenschaft aber, an Verdächtigung, Anklage und die Hölle der Rechtfertigung vergrößerte die Hitze erheblich. Die beiden Polizisten fielen ihm ein. Er dachte an die zermürbende Schwerfälligkeit der korrupten Justizapparate und die berüchtigten Zustände in den südamerikanischen Gefängnissen und bereute es schon, sich nicht nach Ziel und Abfahrtszeit des Frachters erkundigt zu haben.
Die blecherne Mittagsglocke verstummte. Sanft legte Don Armando ihm eine Hand auf die Schulter.
Aus dem Sumpfgras flogen zwei Rotkehlchen auf, die in dieser Gegend schreiend grell waren, und stritten sich um einen Wurm. Brust an Brust in den Himmel fahrend, sahen sie aus wie ein geflügeltes Herz, das schließlich mit dem Wurm in der Luft entzweiriß.
Don Armando fuhr ein sogenanntes Tricycle, ein Dreirad mit Geländereifen, dessen Motor kaum lauter als eine Raubkatze schnurrte. Auf dem Gepäckträger lag eine Bananenstaude.
Na, junger Träumer, gefällt sie Ihnen?

Lohser wußte nicht recht, was er meinte, sagte aber erst mal: Nun ja ... Die schlauen Augen des Alten musterten ihn über den Rand seiner spiegelnden Sonnenbrille hinweg. Er trug einen zerfransten, hoch aus der Stirn geschobenen Strohhut.

Oho, rief er, sie hat durchaus ihre Reize, auch in der Regenzeit, von der sich die meisten Touristen völlig falsche Vorstellungen machen! Es schüttet ja höchstens drei Stunden pro Tag, und das hauptsächlich nachts. Das Grünzeug wächst dann üppiger, die Früchte werden saftiger und Blumen, Kolibris und Schmetterlinge bunter. In der Regenzeit ist diese Landschaft wie eine Frau, die empfangen hat, Señor: sie strahlt. Er bleckte sein gelbes Gebiß. – Außerdem ist sie dann nicht mehr so aufdringlich heiß.

Fühlen Sie sich übrigens wohl bei mir? – Danke, sagte Lohser, alles bestens. Ist der Messerstecher im Preis inbegriffen?

Der Alte war nicht erstaunt. – Es gibt eine Menge Gesindel hier, sagte er, Ratteros. Kümmern Sie sich nicht darum. Ich habe Ihnen drei neue Flaschen auf die Veranda gestellt, wir verrechnen das später. Und was die Miete betrifft, kann ich Ihnen doch einen Rabatt einräumen. Außerhalb der Saison sind fünfzehn Dollar wirklich etwas viel. Sagen wir zehn, okay?

Er machte eine Kopfbewegung zum Gatter hin. – Und kaufen Sie nichts bei dem verrückten Opa, Sie wissen schon. Die hygienischen Verhältnisse in seiner Hütte sind haarsträubend. Die Milch seiner Viecher strotzt vor Typhusbazillen und ist außerdem völlig verbleit vom Dieselmief des Generators.

Ausdrücklich übersah er, wie Lohser das Käsestück

hinter seinem Rücken zu verbergen suchte und blickte ihn mit einer Art väterlichen Wohlwollens an. – Freue mich, einen so netten jungen Mann bei mir zu haben. Ihr Rasierwasser riecht gut. Gibt's auch Sozialisten in Deutschland?

Sicher, antwortete er und meinte, ein Poltern zu hören in dem aufgebrochenen Haus. Schnell zeigte er zum Horizont, wo die Rauchsäulen sich gerade schwarz färbten. – Sagen Sie, Don Armando, was wird dort eigentlich verbrannt?

Weder beachtete der Alte den ausgestreckten Arm noch die Frage. Er nahm die Sonnenbrille ab, sah ihm weiter verstörend ruhig in die Augen und schmunzelte. – Erzählen Sie mir doch mal, wie dieser Hitler wirklich gestorben ist.

Lohser ließ den Arm sinken, atmete aus. – Hitler? Keine Ahnung. Wie alle vermutlich. Das Herz hörte auf zu schlagen. Warum? – Ach, nur so. Er gab Gas, ohne daß die Maschine nennenswert lauter wurde. – Ich dachte, Sie als Deutscher wüßten Genaueres.

Als die lange Staubwolke, die er hinterlassen hatte, verweht war, sah Lohser ihn die ersten Stufen zur Empore hinaufsteigen. Und stutzen.

Er kratzte sich den Haaransatz, der Hut fiel in den Sand. Nachdem er ein paar Herzschläge lang gelauscht hatte, faßte er mit der Rechten in die Hosentasche und stieg langsam weiter, wobei er den kleinen Kopf einzog, bis er fast hinter dem fetten Nackenwulst verschwand und bloß noch die gespitzten Ohren zu sehen waren. Nur mit den Fingerkuppen der Linken hielt er sich am Geländer. Nur mit den Schuhspitzen berührte er die Stufen. Unversehens ging auch Lohser ein paar Schritte auf den Zehen.

Wie sollte er die Frau warnen. Hätte er gerufen, wäre er als ihr Komplize entlarvt gewesen. Ein Lied pfeifen? Er brachte nur heiße Luft über die trockenen Lippen und dachte daran, etwas gegen die Fensterläden oder aufs Dach zu werfen, fand aber keinen Stein. Dabei hatte der Alte fast die Empore, die Vereitelung seines abendlichen Rendezvous erreicht!

Don Armando! brüllte er, daß die Stimmbänder schmerzten; und noch mal: He, Don Armando!

Der drehte sich wie angeschossen um, und Lohser war mittlerweile nah genug, um das wütende Entsetzen in seinem Gesicht, den verzerrten Mund, die irren Augen, zu erkennen. Aber doch nicht so nah, daß ihm entgangen wäre, wie an der anderen Seite des Hauses ein Fensterladen aufflog, und die Frau sich auf die Brüstung hockte. Sie klemmte irgendwelche Papiere unter die Achsel, sprang die nächststehende Palme an und erreichte mit affenhafter Geschwindigkeit mehr rutschend als kletternd den Boden. Aus einer leerstehenden Hundehütte zog sie ihre Plastiktüte hervor – ein Griff riß, Gegenstände fielen ins Gras – und verschwand in der Plantage.

Der Alte, der nichts davon bemerkt hatte, winkte verärgert ab und legte den kurzen Revolverlauf wie einen Zeigefinger an die Lippen.

Gift, rief Lohser so freundlich wie möglich und biß mit gebleckten Zähnen auf eine imaginäre Kapsel. – Ich glaube, Hitler hat Gift genommen!

Der kleine Hund hatte ihn erblickt, sprang hechelnd an ihm hoch und kläffte. Seine schwarze Nase war so rauh und heiß, daß er beschloß, ihn Fosforito zu nennen, Zündhölzchen.

Er sammelte ein, was die Frau verloren hatte: ein Päckchen »Toro negro« ohne Filter, eine Tafel Pfefferminzschokolade, eine Dose Cola und ein vergilbtes, zusammengefaltetes Papierstück, das in einem Ginsterbusch hing.

Nirgendwo auf der Veranda Bier; er machte Feuer, kochte Kaffeewasser ab und setzte sich vor die Tür, wo Fosforito die letzten Käsekrümel von den Brettern leckte. Der Strand war menschenleer.

Als er eine Zigarette angezündet hatte und gerade das Papierstück auseinanderfalten wollte, hörte er ein Kichern hinter der Hütte, klimperndes Glas. Und plötzlich saß er im Schatten der beiden Gestalten, denen der Ziegenopa wohl nicht ohne Grund den Namen einer Schnapssorte gegeben hatte. Schwankend und schnaufend standen die Polizisten an der Brüstung und blickten auf ihn herab: Der Schwarze mit groß hervorquellenden, glänzenden Augen nicht unfreundlich, ein bißchen wie der Bimbo aus der Bananenreklame; der Weiße aber – aus Augen schmal wie Messerrücken blitzte er Lohser an, und hätte der Blick eine Schneide gehabt, er wäre der Länge nach zerteilt gewesen.

Haben wir den schon? – No Sir, sagte der Schwarze, und zupfte eine grün schillernde, tote Fliege aus den fettigen Locken des Weißen.

Nennt sich Deutscher und ist nicht blond und blauäugig, sagte der. Und ich wette, eine Vorhaut hat er auch nicht. – Hach! machte der Schwarze. – Stockschwul ist er, diese Amis sind ja alle stockschwul und bringen die Seuche ins Land. Weißt du, was meine Frau sagte, als sie ihn sah? Diego Süßer, sagte sie, steck dir einen Korken in den Arsch. – Plopp! rief der Schwarze.

Der Weiße zog eine der Zigaretten hervor, die hinter seinem Stern klemmten, hielt eine große, geöffnete Hand über die Brüstung. Die Lebenslinie war lang und schmutzig. Lohser beeilte sich, seine Streichholzschachtel daraufzulegen.

Der Polizist warf sie hinter sich, in den Sand. – Deinen Paß will ich sehen, sagte er. Und wehe da steht nicht drin, daß du blond und stockschwul bist. Wird's bald.

Lohser ging in die Hütte, brachte das Dokument, und der Weiße blätterte darin und tat, als könnte er noch lesen. Der Schwarze, der die Schachtel aufgehoben und auf die Brüstung gelegt hatte, lächelte und winkte ab: Alles nur Spaß, Señor!

Von wegen, sagte der andere, der Spaß hört auch mal auf! Zum Beispiel sehe ich hier keinen Spezialwisch. – Spezialwisch, fragte Lohser. – Selbstverständlich. Das Flußdelta ist Militärgebiet, hier brauchst du einen Passierschein.

Der Schwarze kratzte sich den Kopf. – Passierschein, Diego? – Passierschein, wiederholte der. Rede ich russisch? Einen großen, grünen mit Wasserzeichen. Und er reichte Lohser den Paß zurück.

Nun war eine offensichtliche Bestechung ungefähr so gefahrvoll wie gar keine, wie das Pochen auf Recht

und Ordnung, das man in manchen Winkeln Lateinamerikas – soviel hatte er auf seinen Reisen gelernt –
fast so exotisch fand, wie man in Europa Geier exotisch findet. Man bietet das Geld nicht einfach an.
Jeder Beamte würde es entrüstet, gefährlich entrüstet
von sich weisen. Vielmehr spielt man es unauffällig
zu, bei einem Händedruck etwa, läßt es zwischen
zwei Aktenblättern liegen oder in den Papierkorb fallen, während man dezent in die Luft guckt und mit
heiler Haut davongekommen ist.

Moment, sagte Lohser und wendete sich kurz um.
Dann gab er dem Weißen erneut den Paß, wobei, wie
er verärgert bemerkte, seine Hand etwas zitterte. –
Bitte, Señor, sehen Sie noch einmal nach. Ich denke,
der Spezialwisch hat sich gefunden.

Der Polizist sah stirnrunzelnd von dem Streichholzflämmchen auf, das der Schwarze ihm hingehalten
hatte. – Ich denke, der Spezialwisch hat sich gefunden, äffte er, ohne das Dokument entgegenzunehmen. Er zog nur den Fünfzigdollarschein zwischen
den Seiten hervor und wedelte damit durch die
Luft.

Was soll das Theater! Kannst du mir das Geld nicht in
die Hand geben. Zustände sind das. Der nächste wikkelt sein Butterbrot in den Paß.

Arm in Arm torkelten sie davon. Nach ein paar
Schritten kehrte der Schwarze jedoch noch einmal
um, winkte ab und sagte strahlend: Alles nur Spaß!

Das Blatt – mehrfach eingerissen, zwei Ecken fehlten
– war mit einem Foto und Stempeln versehen. Ausgestellt in Berlin auf den Namen Karl Markus Streeler,

schien es ein Ausweis oder Karteiblatt zu sein, wie Lohser der leidlich lesbaren, nachgedunkelten Tintenschrift entnahm. Streeler, geboren am 4. 5. 1918 in Celle, hatte die NSDAP-Mitgliedsnummer 4583095, war seit dem 25. 9. 1939 in der SS (Nr. 272295), besaß das Reichssportabzeichen, hatte den Rang des Obersturmführers in der SS-Einheit 40-OA-West und niemals irgendwelche staatlichen Unterstützungen in Anspruch genommen. Das Papier war mürbe, ein Teil des brüchigen Fotos fehlte; der Rest zeigte etwas mehr als die Gesichtshälfte eines smarten jungen Mannes mit glatt zurückgekämmten Haaren, Zügen von nichtssagender Symmetrie und einem winzigen Hufeisen als Krawattennadel.

Die Hitze wurde unerträglich. Lohser ging in die Hütte, legte sich aufs Bett. Er ließ die Tür offen, hörte noch eine Weile dem langsam zurückweichenden Meer zu, dem rhythmischen Rauschen in seiner Brust. Schließlich träumte er von langen, gekachelten Gängen, durch die er, festgeschnallt auf einer Bahre, geschoben wurde von unsichtbaren Kräften.
Seine Arme waren mit Stempelabdrücken bedeckt. Am Fußgelenk flatterte ein Zettelchen, auf dem der Name *Goldkind* stand. Man schob ihn in einen Raum, der genauso breit und lang wie die Bahre war, und schloß eine Eisentür. Ein Aufzug, dachte er, denn es ging in die Höhe. Doch war das eine Täuschung. Vielmehr wurde die Decke, ein Betonblock, langsam und geräuschlos herabgesenkt. Schon passierte er die Leuchten, die in die Wände eingelassen waren. Es wurde finster, nur der Name auf dem Zet-

tel glimmte noch ein wenig nach, und Lohser bäumte sich auf in den Gurten ...

Hier also sind Sie, sagte die Frau, die mit ihrer Körperfülle die Tür einnahm. Sie hielt die Arme vor der Brust verschränkt. Die Sonne schien durch ihr Kleid und zeigte, wie breitbeinig sie dastand.
Nun, schöner Schläfer, wollen Sie mir keinen Stuhl anbieten? Der Weg zu Ihnen war beschwerlich. – Schon auf der Schwelle, bog sie den Oberkörper noch mal zurück und blickte nach links, nach rechts. Dann nahm sie auf der Bettkante Platz. – Beschwerlich und gefährlich, sagte sie mit Stimmbändern aus Schlangenhaut und legte eine Hand auf sein Knie. Wie ein Echo aus dem Traum klang die Eisentür in ihm nach.
Im Zwielicht wirkte das Gesicht der Frau jünger. Sie zeigte lächelnd weiße Zähne, duftete ein wenig nach gekochtem Mais. Lohser blickte an ihrer breiten Schulter, den flaumigen Nackenhaaren vorbei auf das Meer und lauschte angestrengt durch die Bretterwände hindurch, ohne jedoch mehr zu hören als den Wind, der in den Palmen zischelte.
Am Horizont schob sich ein Motorboot ins Bild; an der Bugspitze standen drei Schützen und feuerten ins Wasser, während die Frau mit einem langen, schlampig lackierten Fingernagel an seine nackte Brust tippte. – Wie Sie schwitzen, Señor!
Reiner Angstschweiß, sagte er. Sie hob staunend die Brauen, griff an seinen Oberarm. – Wovor hat ein derart starker Mann denn Angst? – Vor noch stärkeren Männern. Vor Ihrem, zum Beispiel. Sie lachte laut

auf. – Vor Diego? Woher wollen Sie wissen, daß er mein Mann ist? Vielleicht ist er ja auch mein Bruder.

Lohser sagte, daß das kaum etwas an seinem Unheil ändern würde, falls er sie hier fände, und richtete sich auf.

Sie drückte ihn ins Kissen zurück, hielt seine Schultern fest. Er vergaß zu atmen, fühlte, wie etwas in ihm wuchs und sah in ihren Augen, daß etwas in ihr schmolz. Beiläufig, wie über eine Sofalehne, strich er mit der Hand über ihre Hüfte. Aus den zusammengepreßten Lippen wich die Spannung.

Was bildest du dir ein, hauchte sie, und eine schwarze Strähne fiel ihr in die Stirn. Wieder klaffte das Kleid in Herzhöhe etwas auseinander, die Falte zwischen den Brüsten zwinkerte ihm zu. – Glaubst du, so ein Blick wie gestern kostet nichts? Wie? Und schneller als er antworten konnte, griff sie nach den ersten Knöpfen seiner Jeans und machte sich offenbar ans Kassieren.

Er packte ihre Handgelenke, sie kämpfte ein bißchen, strampelte sich den Rock bis hoch in den Schoß. – Total überwältigt lag sie dann unter ihm, schloß die Augen, öffnete die Lippen, und momentlang ließ er sich bezaubern von dem Schimmern ihrer Zähne.

Dann löste er ein Bändchen, und noch eins – von der Decke sackte das Moskitonetz über die verdutzte, dann wild fuchtelnde Frau, und er ging auf die Veranda und trank einen großen Schluck kalten Kaffees.

Die Männer hackten mit Stangen ins Wasser, hoben Hai um Hai in hohem Bogen ins Boot – kleine Fische, aber die aufgerissenen Mäuler flogen wie schwarze und blutrote Monde durch die Luft. Es war bereits weniger heiß, das Blau des Himmels ließ den Abend ahnen. Er hatte gut geschlafen.

Die Frau fluchte, rief nach ihm, und schließlich – er dachte an ihre Fingernägel – zerriß sie das Netz. Lohser zündete zwei »Toro negro« an. Mit armlangen Macheten schlugen die Männer den Haien die Schwanzflossen ab.

Sie kam auf die Veranda, nahm ihm wortlos die Blechtasse aus der Hand, trank einen Schluck und starrte aufs Meer. Traurig sah sie älter aus. Er steckte ihr eine brennende Zigarette zwischen die Finger.

Bin ich dir so zuwider, fragte sie und stieß den Rauch aus dem Mundwinkel hervor. Möwen umflatterten das Boot so dicht, daß es unsichtbar wurde. Als der Schwarm sich auflöste, war es verschwunden.

Warum zuwider, sagte er verwirrt, wie spät ist es denn? Sie runzelte die Stirn, wobei ihre schwarzen Brauen zusammenstießen. – Wieso wie spät? Es wird bald fünf sein. Magst du mich lieber um sechs?

Er hob beschwichtigend die Hände. – Hören Sie, bitte ... Sie verengte die Augen, warf die Tasse ins Treibholz.

Hören *Sie*, Señor! – Mit einem Griff unter die Achsel riß sie sich das dünne Kleid so weit auf, daß eine Seite ihrer schweren Brust hervorquoll. – In Ihre Hütte gelockt, bedrängt, betatscht, unter wüsten Drohungen aufs Bett geworfen und fast vergewaltigt werden – das läßt sich vielleicht eine x-beliebige Dschungelhure gefallen, aber nicht die Frau des Polizisten Diego Belmonte, verstehen Sie!

Er nickte, verstand sehr gut. Er sah sich klein in ihren braunen Augen, klein und tot wie eine Fliege im Bernstein. – Soll ich Ihnen, sagte er leise und beugte sich etwas hinab, soll ich Ihnen noch schnell ein paar Bißwunden beibringen, der Glaubwürdigkeit wegen? Sie verzog keine Miene, und er küßte ihren Hals, der nach Schweiß und kleinem Tierreich schmeckte. – Mann, flüsterte sie und umklammerte seine Hand auf ihrer Brust. Es ist zu spät. Jetzt muß ich gehen. Er hielt sie nicht zurück.

Unter der Dusche zählte er doppelt so viele Spinnen wie am Vortag. Auf dem von der Ebbe freigelegten Sandstreifen funkelten vereinzelte Quallen wie Glasklumpen in der Sonne. Unmengen rostroter Sandkrebse, jeder kleiner als sein kleiner Fingernagel – meterweit vor ihm verschwanden sie in dem harten, fast federnden Boden, fußbreit hinter ihm tauchten sie wieder auf. Aus dem Schatten der verkohlten Ruinen stach das Treibholz weißer hervor, und trockener, von Böen aufgeworfener Sand schmirgelte über die Wellblechreste.
Ein Ochsengespann trottete durch die Palmreihen. Die Frauen, die die schweren, in dicke Faserhüllen eingekapselten Nüsse in den Karren luden, sangen ein Lied.
Angesichts der Kinder, die ihnen halfen, glaubte Lohser zunächst, sich verhört zu haben. Die Frauen, junge, bunt gekleidete Mulattinnen mit Muschelschmuck an Hand- und Fußgelenken, bemerkten seine Neugier, und während sie einander die Nüsse zuwarfen, begannen sie das Lied noch einmal.

Der Windfisch wohnt in Kokospalmen,
winkt mit grünen Gräten
und zischt der Fischerin ins Ohr:
Ich hab die dicksten Klöten.

Legst du dich in mein Liebesnest,
wird dir der Mädchenstolz geritzt,
bis durch dein kokosweißes Fleisch
das Glück wie goldene Fische flitzt!

Nicht übel; Lohser applaudierte. Eine der Frauen
lüpfte ihren Rock mit den Fingerspitzen und knickste.
»Palmera solitaria«, Einsame Palme, heiße das Lied.
Die anderen liefen kichernd den Ochsen nach.
Er flötete die Melodie, während er sich der Hütte der
Journalistin näherte. Tür und Fensterläden waren ge-
schlossen, auf sein Klopfen reagierten nur ein paar
Hühner, die mit vorgereckten Hälsen von der Veran-
da rannten. Er legte sich in eine der beiden Hänge-
matten, die dort ausgespannt waren, und wartete.
Funken sprangen aus einer Glasscherbe im Sand. Die
Sonne sank.

Er mußte an den Eindruck denken, den die junge
Französin von den Deutschen hatte. Während er
sanft hin und her schaukelte, fiel ihm eine Kirmes-
bude ein, die er einmal auf einem Volksfest in Málaga,
Spanien, gesehen hatte.
Es war eine Art Geisterbahn, und unter dem sternkla-
ren Nachthimmel stand in großen, roten Leucht-
buchstaben: FOLKLORE ALEMÁN, Deutsche Folklore.

Er hatte alles Geld ausgegeben und konnte keine Eintrittskarte mehr kaufen, aber der Anblick der Fassade war gespenstisch genug. Die Leuchtschrift über dem dunklen Torloch ruhte auf den Schultern von zwei haushohen Figuren aus Pappe und Plastik, die einen Mann und eine Frau darstellten. Diese war die überdimensionale Nachbildung einer Hofbräuhauskellnerin, mit Zöpfen aus Weißwürsten und Brüsten, die groß wie Fässer aus dem grünen Dirndl quollen. Mit jeder Faust hielt sie fünf Bierkrüge. Dort oben, in ihrem breit und roh zum Lachen aufgerissenen Mund, hätte ein ausgewachsener Mann seinen Rausch ausschlafen können.

Wanderschuhe, Kniestrümpfe, kurze Lederhosen und ein Hut, dessen Gamsbart groß wie ein Straßenbesen war, bekleideten die andere Galionsfigur, den Kerl in Hemdsärmeln. Er reckte beide Fäuste in die Luft. In der linken hielt er einen riesigen Kranz fettglänzender Weißwürste, die ihm in einer Dreierreihe ins aufgerissene Maul hingen; in das sich außerdem – aus einem Krug, den er mit der rechten stemmte und der doppelt so dick war wie sein Kopf – ein unablässiger Bierstrom ergoß. Er blähte ihm ein paar Minuten lang den Bauch, bis der Fluß unterbrochen wurde, in seinen Augenhöhlen rote Glühbirnen aufleuchteten und aus einem Lautsprecher ein Rülpsen erscholl, daß die Kinder sich an ihre Eltern drängten. Dann kam die Flüssigkeit zwischen seinen Beinen wieder zum Vorschein: durch ein Stück Weißwurst, das ihm aus der Lederhose hing. Deutsche Folklore. Die Rache der »Gastarbeiter«.

Die Sonne war bereits hinter dem Horizont verschwunden, der Himmel ein wild zerzaustes Lohen.
Ein Kind trieb ein Dutzend dicker Truthähne über
den Strand. In den Sümpfen hinter der Hütte wurde
das Orgeln der Frösche lauter, und Schwalben sichel-
ten durch die Moskitoschwärme in der Luft.
In Don Armandos Haus – er konnte es aus der Hän-
gematte heraus sehen – flackerte Fernseherlicht durch
die offene Tür. Am Pfosten lehnte der Alte und
rauchte.
Lohser wartete über eine Stunde, und es wurde dunkel, ohne daß sich ein Schimmer des Goldkinds
zeigte.

Der Weg aus Brettern und Bohlen federte im
Schlamm. In der Hospitalbaracke, im Behandlungsraum, brannte Licht; eine Neonröhre über einem
dampfenden Sterilisationsapparat. Auf dem Schreibtisch lag nichts als ein Handbuch der Medizin und ein
Korkenzieher. Am Kopfende einer Liege stand ein
Ekg-Gerät, eingeschaltet. In regelmäßigen Abständen
lief eine gerade, grüne Nullinie über den Bildschirm.
Mit einem Schlag flog die Zimmertür auf, ohne daß
jemand eintrat. Lohser, vor dem hellen Fenster,
drückte sich zwischen Büsche.
Ein weiteres Krachen, ein Scheppern von Blech und
Geschirr – dann hüpfte ein kleiner, weißer Tischtennisball quer durch den Raum, und der Arzt, in der
Rechten eine Gabel, in der weit vorgestreckten Linken, als zöge sie ihn, eine Pfanne voll Spiegeleier,
schoß mit flatternden Kittelschößen hinterher. Und
kam vor dem Schreibtisch zum Stehen.

Er schloß die Augen, was ihn tief erschöpft aussehen ließ, Schweißtropfen glitzerten auf seiner Stirn. Er zog eine halbvolle Flasche aus der Kitteltasche und nahm einen langen Schluck, wobei ihm der rote Wein aus den Mundwinkeln und über Hals und Kragen floß. Mit einem Stück Brot wischte er ihn ab.

Nun blickte er, ganz seliges Lächeln, in die Pfanne und setzte sich mit Schwung auf die Armlehne eines Drehstuhls. Die sofort unter ihm wegschnellte.

Brot und Gabel flogen durch die Luft, der Stuhl schlug um. – Auf allen vieren kam der Arzt an der anderen Seite des Schreibtischs hervor und zog, die Zungenspitze vor Eifer zwischen die Lippen gepreßt, sich an der Kante wieder hoch.

Nachdem er eine Weile vergeblich nach der Gabel gesucht hatte, trennte er die Eier mit dem Korkenzieher voneinander und pflügte mit dem Brotstück in der Pfanne herum. Schwankend pfiff er Ansätze einer bekannten Stierkampfmelodie. Schließlich gelang es ihm, ein ganzes Dotter auf die Brotscheibe zu bringen. Mit zitternder Hand hob er sie an den Mund, der Blick richtete sich in panischer Konzentration auf das Eigelb.

Er hatte die Lippen bereits geöffnet, die Lider halb geschlossen und die Brauen erwartungsvoll gehoben, als mit schnellen, kleinen, irgendwie vorwitzig und auch zielbewußt wirkenden Sprüngen ein weiterer Tischtennisball ins Zimmer hüpfte.

Erschrocken, ja entsetzt den Kopf herumreißen, um mit aufgerissenen Augen den Ball zu verfolgen, sowie nach dem herabrutschenden Dotter schnappen, um die Faust darum zu schließen, war *eine* erstaunlich

reflexsichere Bewegung des Mannes, der nun traurig
zusah, wie ihm das Eigelb durch die Finger auf die
Schuhe tropfte.

Lohser klopfte. Der Arzt blickte auf, hob grüßend
seine gelbe Hand.
Sieh an, der Weinkenner mit der trockenen Blutgruppe, sagte er, wies einladend auf den Drehstuhl
und brachte eine neue Flasche und Gläser.
Wie geht es Ihnen, Doktor? – Ach, ich weiß nicht.
Das Leben ist hart, und ich würde gern mal wieder
ein paar warme Spiegeleier essen. Er schenkte Wein
ein. – Zum Wohl, Señor! Beaujolais de Printemps,
1985.
Er streckte sich auf der Liege aus, befühlte Kinn, Hals
und griff sich tastend unter die Achseln. Dann raffte
er Hosenbeine und Kittelärmel ein Stück weit hoch,
band Gummimanschetten um Hand- und Fußge-
lenke. Wieder preßte er vor Eifer die Zungenspitze
vor. An die Manschetten schloß er Elektroden und
blickte stirnrunzelnd auf den Bildschirm des Ekg-Geräts, über den nun seine Herzlinie hüpfte.
Er stellte den Piepton leiser. – Heiliger Bimbam. Das
sieht wieder aus wie die Skyline der Karpaten, nicht
wahr. Gefällt mir ganz und gar nicht. Und da! Haben
Sie gesehen? Eine Extra-Systole. Vorhof-Flimmern!
Ich sag's ja! – Stöhnend sank er auf die Liege zurück,
kramte in seinen Taschen, zündete eine Zigarette an.
– Vorhof-Flimmern. Wissen Sie, was das heißt? Na,
Sie sind kein Mediziner, das ist schon die halbe Ge-
sundheit. Prost.
Er verschränkte die Arme hinter dem Kopf, schlug

74

die Beine übereinander und ließ eine Fußspitze im Rhythmus seiner Herztöne wippen. – Was treibt Sie denn in dieses Malariakaff, fragte er vergnügt. Lohser zuckte mit den Schultern. – Nichts Genaues. Der Name gefiel mir.

Und Sie? Was hat Sie an diesen Ort verschlagen? Er trank einen Schluck, schien eine Weile dem Geschmack nachzuträumen. Dann kratzte er sich die rote Nase roter. – Oh ..., mein liebendes Geschick, würde ich sagen. Ich war Chirurg in Quito, wissen Sie, Typ Schwesternschreck. Die anderen Ärzte schritten jeden Morgen mit ihren Diplomatenkoffern in die Klinik, ich trabte mit einem Sixpack Bier durchs Tor. Brauchte schließlich eine gewisse Dosis, um meine Hände zu beruhigen. Man sah mir das nach, weil keiner so schnell und sauber schnippelte wie ich. Die Patienten lagen sowieso in Narkose. Aber eines Nachts hatte ich Bereitschaftsdienst und verbrachte ihn in der Bar um die Ecke. Das kostete einer akuten Dame das Leben und mich beinahe meinen Beruf.

Wieso nur beinahe? – Nun ja, Don Armando war gerade in Quito und suchte einen Medizinmann für seine Geisterstadt. Natürlich wollte niemand in dieses Regenloch. Als er von meinem Mißgeschick in der Zeitung las, bot er mir an, meinen Arzttitel zu retten, falls ich ihm verspräche, mich hier niederzulassen. – Hat er denn so viel Einfluß? – Er hat Krebs. Und wo Todesangst und Geld und Macht zusammenspielen, ist das Unmögliche bekanntlich ein kleiner Fisch. – Das heißt, dies ist seine Privatklinik? Er nickte. – Eigentlich schon. Trotzdem wird jeder behandelt, der es bezahlen kann. Zivile Preise übrigens, denn natürlich hat der Alte ein Interesse daran, als eine Art sozialer Übervater dazustehen. – Wieso? – Na, weil er ein Ferkel ist, ganz einfach. Sie wohnen doch bei ihm, oder haben die Buschtrommeln gelogen? Dann werden Sie mir recht geben, sobald er Ihnen die Rechnung präsentiert.

Ich hielt ihn eigentlich für ein ganz amüsantes, harmloses Schlitzohr. – Ja, das tun viele. Weil er seine Leute hat und die Niedertracht persönlich nicht mehr nötig, findet man ihn recht nett. – Und woher stammt sein Reichtum? – Das weiß keiner genau. Kam nach dem Zweiten Weltkrieg aus Argentinien herauf. Muß sich dort mit den Dollars deutscher Flüchtlinge eine goldene Nase verdient haben, die er dann hier in alle möglichen und unmöglichen Geschäfte steckte: Erdöl, Bananen, Kokosnüsse, Kokain etc. – Ist er Argentinier? Wohl kaum, obwohl er es behauptet. Sein Gesichtsschnitt wirkt doch eher mitteleuropäisch, finden Sie nicht? Wie auch immer – er besitzt Geld, das ist Nationalität genug. – Und warum nennt man ihn Tangohammer? Er zog die Schultern hoch. – Wohl weil er alles niedermeißelt, was ihm in den Weg tritt.

Na, Sie sprechen nicht gerade schmeichelhaft von Ihrem Retter. – Täuschen Sie sich nicht. In gewisser Weise bewundere ich ihn sogar. Erst kürzlich hatte eine seiner Schurkereien eine beachtliche Presse in Quito, wie mir ein Kollege erzählte, der den Redakteur später wieder zusammenflickte. Armando Ruiz stellte nämlich einen Teil der Mietskasernen, die er besitzt, als Obdachlosenheime zur Verfügung.

Ist das schurkisch? – Natürlich, warten Sie ab. Er kaufte die Häuser, um die Räume darin in teure Eigentumswohnungen zu verwandeln oder um sie abzureißen und einträglichere an ihre Stelle zu setzen. Das kennt man. Nun gab es aber immer wieder Mieter, die sich dagegen wehrten und seinen Managern in allen Instanzen der Gerichtsverhandlungen widerstanden. Das konnte er natürlich nicht hinnehmen. Also bot er den jeweiligen Gemeinden an, in den freien Wohnungen der Häuser vorübergehend Obdachlosenasyle einzurichten. Bei der herrschenden Armut und Wohnungsnot wurde das selbstverständlich bejubelt – freilich nicht von den regulären Mietern, die mit ihrem Protest plötzlich als die eigentlichen Unsozialen dastanden.

Stets über Schnapsleichen im verschissenen Treppenhaus zu stelzen, die Prostitution und das Keifen und Kreischen der Indios in den Nachbarwohnungen, die eingeschlagenen Fenster, aufgebrochenen Türen – das hat noch den Starrsinnigsten vertrieben. Es folgte die Polizei und räumte die Obdachlosen fort, und dann kam der Bagger. Nicht schlecht, oder? Und dabei sind das wohl nur Fingerübungen.

Lohser hörte Getrappel, Hufe auf Holz, und sah im nächsten Augenblick, hinter dem Rücken des Arztes, den Reiter auf dem schmutzigen Schimmel. Das Tier scheute vor dem Licht, das aus dem Fenster fiel. Der Mann klatschte ihm die Flachseite der Machete an die Flanke und trieb es weiter, aus dem Bild.

Der Arzt schien nichts bemerkt zu haben. – Den wirklichen Einfluß Don Armandos könnte ich Ihnen mit den üblichen Untaten solcher Dunkelmänner illustrieren: gestützte Politiker, gestürzte Politiker, Betrug und Börsenschiebereien – aber das wäre ja langweilig, sagte er. Geld und Schweine stinken auf der ganzen Welt gleich. Wenn Sie aber wissen, welche Größe das Militär selbst in den sogenannten demokratischen Ländern Lateinamerikas darstellt, können Sie ungefähr die Macht eines Mannes erahnen, dem jeden Tag Punkt zwölf ein Düsenjäger geschickt wird zu keinem anderen Zweck, als reife Kokosnüsse aus seinen Plantagen zu pusten.

Aber naja, was mache ich so einen Wind um den Kerl. Vermutlich sind seine großen Sauereien nichts anderes als unsere kleinen, multipliziert mit einer gewissen Summe Dollars.

Er füllte die Gläser noch einmal. – Warum versteckt er sich in diesem Sumpf, wenn er so eine Nummer ist, fragte Lohser. Warum residiert er nicht in Quito oder auf einem Berghof in den Anden? – Weil er sentimental ist, wie alle Geschäftsleute außerhalb des Geschäfts. Seine vierte oder fünfte Frau ist hier geboren und wollte nie weg. Also lebte er in dem Haus mit ihr, bis sie in die Klapsmühle kam. – In die Klapsmühle? Ich hörte –

Jemand rief, klopfte gewaltig gegen die Glastür der Klinik. Lohser blickte durch den Korridor und sah den Umriß eines Menschen, der riesenhaft vergrößert schien von den vielen kleinen, im Mondlicht silberhell klirrenden Scheiben. Ehe der Arzt sich aus dem Kabelgewirr des Ekg-Geräts befreit hatte, sprang das Schloß auf, und Scherben schossen von den Fußspitzen des Eintretenden bis an die verchromten Möbelbeine.

Unterhemd und Gesicht des alten Perez waren blutbespritzt, seine wenigen weißen Haare standen wirr vom Kopf ab. In den Augen alles Entsetzen der Erde, riß er den Mund auf und bewegte die Zunge, ohne ein Wort hervorzubringen. Er trug nur einen Gummistiefel.

Ach du glockenheller Scheißdreck, murmelte der Arzt, sichtlich ernüchtert, und hatte mit einem Griff in den Schrank ein Instrumentenkästchen in der Hand.

Hinlegen, sagte er, doch Perez, im jähen Neonlicht erstarrt, blickte ihn nur entgeistert an, während die kleine schwarze Ziege, die sich in seiner Umklammerung wand mit wild schlagenden Beinen und Schaum vor dem Maul, immer wieder den Kopf zurückwarf. Aus der weit klaffenden Halswunde schoß das Blut in schnellen Stößen, besudelte das Hemd des Alten, tropfte aus seinem Bart.

Die Hufe des Tiers zerrissen das Papiertuch auf der Liege. Der Arzt bedeutete Lohser, die Beine festzuhalten. Seine Finger tauchten ohne das leiseste Zittern in die Wunde und setzten zwei silberne Klammern an die Enden der durchtrennten Schlagader. Das Tier wurde ruhiger, schloß die Lider. Die krampfhafte Spannung aus den Beinen wich, und Schauer wellten das schwarzglänzende Fell.

Der Arzt schüttelte den Kopf, bewegte die Finger wie blätternd durch die Schichten des Schnitts. – Naja, sagte er und zog einen Grashalm aus der ebenfalls durchtrennten Speiseröhre, versuchen können wir's ja mal. Mit Hilfe eines Fußhebels öffnete er eine Instrumententrommel, entnahm ihr einen dünnen, honigfarbenen Schlauch, ein Stück Faden und eine Operationsnadel.

Vater unser, der Du bist im Himmel, murmelte Perez, während er sich die verschmierten Hände knetete und mit großen Augen auf die Arbeit des Arztes starrte. Der hatte sich eine feine randlose Brille aufgesetzt. Er stülpte die Enden der durchtrennten Ader über das Schlauchstück und vernähte es flink mit dem blaßblauen Gewebe. Sein Blick war völlig klar, das Lied, das er fast tonlos pfiff, hatte Anfang und Ende.

Schon warf er Pinzette und Nadel in ein Metallschüsselchen und nickte Lohser zu. Der umfaßte die Hufe des Tiers fester. Der Arzt öffnete die Klammern, ein Zucken durchfuhr den Körper, ein Krampf machte ihn momentlang steif wie Stein. Dann sackte er weich in sich zusammen, und der flache, leise Atem, kaum ein Hauchen, wurde lauter, ein rhythmisches Röcheln, bei dem Blutblasen vor dem Ziegenmaul platzten.

Na bitte, sagte der Arzt und zog sich den Drehstuhl heran, weiter im Text. Was ist denn passiert, Onkel Jakob.

Mörder, stöhnte er, wenn ich das wüßte. Fand sie am Zaun, zuckend am Zaun, die zweite in diesem Monat, ein Fluch, der Geist der Haie, ich weiß nicht was. Gott will mich prüfen, und wenn er so weitermacht, verhaue ich seinen Pastor.

Haben Sie den Täter gesehen, fragte Lohser. – Den Täter gesehen! Den wirklichen Täter sieht man nicht, Señor. Der hat seine Leute.

Nach einem unsicheren Blick auf den Arzt trat er

dicht an Lohser heran und sagte leise: Man will meinen Grund und Boden, verstehen Sie. Aber weil ich es nicht hergebe, das gelobte Land, weil man mir die Wiese nicht unter den Ziegen wegziehen kann, hackt man mir die Ziegen von der Wiese. Und wir wissen natürlich, wer dahintersteckt! – Er kniff ein Auge zu. – Dem ist jedes Mittel recht. Er hat bei mir eingebrochen!

Nun hör schon auf, sagte der Arzt, der gerade die Speiseröhre vernähte. – Was hat er denn mitgehen lassen? Einen rostigen Eimer voll Käse?

Perez hob den Zeigefinger, die Augen traten stier hervor. – Meine Papiere, sagte er, Besitzurkunde für das Grundstück, Steuerbelege usw. Seine Rechtsverdreher werden mir schon einen Strick daraus knüpfen. – Aber es ist doch im Grundbuch festgeschrieben, dein Land. Wozu brauchst du den Papierkram. Vermutlich haben ihn sowieso deine Viecher gefressen.

Der Alte stutzte, schien zu überlegen, schüttelte dann aber den Kopf. – Arme Zazie, jammerte er und streichelte das bewußtlose Tier. Kann ich denn gar nichts für sie tun? – Hol eine Flasche Wein aus der Küche, sagte der Arzt.

Perez verschwand. – Was ist mit seinem Grundstück, fragte Lohser. – Ach, angeblich will man es ihm abspenstig machen, um das Elektrizitätswerk zu erweitern. Was natürlich Quatsch ist. Kaum einer in dieser Regenzone braucht wirklich Strom, viel zu gefährlich. Die Sumpfratten fressen die Kabel an, und am Ende kriegen Sie eins gewischt, wenn Sie eine Blume pflücken. Außerdem will hier niemand arbeiten, Sie finden kein Wartungspersonal für die Anlage. Dem

Buschhäuptling, der jetzt den Generator ölt, mußte man erst beibringen, was eine Steckdose ist und daß man da seinen Schwanz nicht hineinsteckt.

Die Wunde war vernäht. Er schnitt die Fadenenden ab, sprühte Desinfektionsmittel darüber und wickelte einen Verband um den Hals des Tiers. – Nein nein, sagte er, der Alte hat fixe Ideen. Selbst die Kapazität des vorhandenen Generators wird nur zur Hälfte genutzt.

Das spielt keine Rolle, sagte Perez, schon wieder in der Tür. – Es geht nicht um den Strom, sondern um die Subventionen von oben, die Don Armando einstreicht, wenn er ein Elektrizitätswerk baut oder das vorhandene erweitert. Selbst wenn er damit nur seine Kaffeemaschine betreibt!

Der Arzt klemmte sich das Stethoskop in die Ohren und horchte die Herzgegend der Ziege ab.

Und warum baut er es nicht auf ein anderes Grundstück, fragte Lohser. – Weil meins wegen seiner erhöhten Lage und des kieshaltigen Bodens eins der wenigen ist, die nicht versumpfen in der Regenzeit, sagte Perez, während er bange den Arzt beobachtete.

Mist, murmelte der und legte das Stethoskop weg. Er nahm eine Stablampe, hob ein Lid der Ziege, leuchtete ihr ins Auge und wiederholte sich.

Tot, fragte Lohser, und Perez wimmerte. Der Arzt schüttelte den Kopf. – Noch nicht ganz, sagte er. Hat ein bißchen viel Blut verloren, der kleine Stinker.

Aus einem Kühlschrank voller Medikamente und Sekt nahm er eine Konserve, knetete sie kurz durch und befahl dem Alten, einen Zeigefinger gegen die Zimmerdecke zu strecken. Daran hängte er den Plastikbeutel, entwirrte den Zulaufschlauch und brachte die Kanüle an. Dann drehte er das Rädchen zur Regulierung der Tropfenzahl auf und kam an den Schreibtisch, wo Lohser die Gläser füllte.

Ich finde, sagte er nach einem großen Schluck, ich finde, du übertreibst. Wenn Armando wirklich deinen Grund wollte, wäre er längst in seinem Besitz, ohne daß er deswegen einmal die Nase aus dem Fenster gesteckt hätte. Es ist doch lächerlich zu glauben, einer der größten Geschäftsmänner im Land steige bei einem Ziegenhirten ein. Eure jahrzehntelange Nachbarschaft hat euch blind füreinander gemacht. Du solltest nicht immer nur das Schwein in ihm sehen. Schließlich verdankst auch du ihm diese Klinik, ohne die deine Ziege längst verendet wäre, oder?

Sie haben ja recht, sagte Perez, was die Klinik betrifft, haben Sie recht, Doktor. Sie ist ein Segen, ein Geschenk Gottes, auch wenn sie einem Teufel gehört. Denken Sie nur an meinen Furunkel im vorigen Jahr. Und daß Sie sogar Ziegenblut im Kühlschrank haben!

Der Arzt grinste. – Keine Beleidigungen, bitte. Es handelt sich hier um eine Spende von Elvira Belmonte, der Frau unseres ersten Ordnungshüters. Don Armandos Blutgruppe übrigens.

Perez ließ den Arm sinken, verzog das Gesicht zu einer Grimasse des Abscheus. – Men-schen-blut? – Hand hoch!, rief der Arzt, und der Alte, wie von einem Stromstoß durchzuckt, gehorchte. An seinem Arm bemerkte Lohser eine Tätowierung, konnte aber nicht erkennen, ob es ein Wort oder eine Zahl war. Das Vieh braucht Plasma, Onkel Jakob, und das ist in unserem Blut ähnlich wie in dem der Ziege, sagte der Arzt. Ohne die Konserve stirbt sie garantiert; mit ihr hat sie eine gewisse Chance. Wir werden sehen: Entweder sie spricht morgen spanisch, oder wir braten sie übermorgen à la Maison.

Perez heulte auf, Tränen liefen über sein blutverkrustetes Gesicht, und mit einer knappen Bewegung schüttelte er die Hand ab, die Lohser zur Beruhigung auf seine Schulter gelegt hatte.

Aus dem Hof der Klinik schaffte der Arzt eine Schubkarre herbei. Behutsam verluden sie das Tier und begleiteten den Alten bis an sein Grundstück.

Nun spürte Lohser den Wein in allen Adern. Auf der anderen Seite des Flusses, hinter den letzten Dächern des Dorfs, stand ein orangeroter Mond – so unglaublich groß, als wäre die Erde aus der Bahn geraten. Ein Hubschrauber flog daran vorbei, und obwohl man die Silhouette des Piloten in der gläsernen Kanzel erkennen konnte, war kein Motoren- oder Propellergeräusch zu hören.

Paß vor allen Dingen auf, daß die anderen ihr den Verband nicht abfressen, sagte der Arzt und verriegelte das Gatter hinter dem Alten. Der nickte wortlos und manövrierte die Karre durch die schmale Hüttentür.

Die Männer gaben einander die Hand. – Hat mich gefreut, Señor! Schauen Sie mal wieder bei mir rein. Alvarez mein Name. – Er zog eine halbvolle Flasche aus dem Kittel. – Und das ist Ihr Teil. Ich muß noch einen Hausbesuch machen. Gute Nacht!

Nach zwei, drei schnellen Schritten stutzte er, kam zurück. – Seltsam, nicht? sagte er und harkte sich langsam mit beiden Händen durch die Haare. – Was meinen Sie, Doktor? – Na, das mit den Einbildungen. Sie zum Beispiel, haben Sie nicht auch manchmal Einbildungen? Aber was frage ich! Jeder Trinker sieht irgendwann Schlangen oder Mäuse, ist ja bekannt. Dann gibt es noch andere, durchaus übliche Halluzinationen: flüsternde Blumensträuße, Frauen mit Hörnern, ein Husten im Bierfaß. Nur ich werde scheinbar nie normal. – Wieso? – Ich sehe tatsächlich Tischtennisbälle.

Lohser, der gerade einen Schluck trinken wollte, verkorkte die Flasche wieder. – Ja, sagte er nur, es ist seltsam, und grüßend schlug der Arzt einen der Plankenwege durch das Sumpfgras ein. Vor den schwarzen Umrissen der Bäume schien sein flatternder Kittel weißer, fast strahlend.

Ein paar Kerzen brannten in dem Tabaksqualm, die Bestecke blitzten. Das Klappern von Tellern, Tassen und Töpfen in der offenen Küche und der grölende Gesang der beiden Polizisten auf einer Bank im Hintergrund des Restaurants wurde von den Gästen aus vollem Hals überschrien.

Auf dem einzigen freien Stuhl lag die Katze in der Plastiktüte. Lohser nahm sie vorsichtig herunter und setzte sich an den Tisch, an dem schon der Kleiderhändler aß und gerade unter Protest eine Brille aus der Salatschüssel fischte. – Da ist sie ja, sagte die Kellnerin und trug sie mit spitzen Fingern in die Küche.

Nach dem Essen – es gab nur Hai mit fritierten Bana-

nen, und der Händler versuchte, ihm ein Paar origi-
nalverpackte Damenstrümpfe (Mit Naht!) zu verkaufen, die er zufällig bei sich hatte – spazierte Lohser an
den Landungssteg.

»Fluthuhn« hieß der Frachter, der dort vertäut war.
Er werde morgen gegen Mittag nach Manta auslau-
fen, und es seien noch jede Menge Passagierplätze
frei, sagte der Kapitän. Mit einer Kopfbewegung wies
er auf den offenen Laderaum hinter der Steuerkabine.
Dort standen Hunderte von Schweinen derart eng
zusammengepfercht, daß ein Arbeiter über ihre Rük-
ken zum Heck gehen konnte, wo er eine Petroleumlampe aufhängte.

Vor dem kleinen Rathaus spielte man Volleyball, die
Bänke der Parkanlage waren von Liebespaaren be-
setzt. In der Kirche sang eine einzelne hohe Kinder-
stimme. Kein Lüftchen regte sich in den übersternten
Büschen, die wie mit gespitzten Ohren standen, und
als Lohser einen mit der Schulter streifte, fiel ein Regen aus zinnoberroten Blüten über den Weg.

Die Fensterläden waren immer noch geschlossen, doch
schien Licht durch die Ritzen der Bretterwände.
Er hockte sich davor in den Sand, trank aus der Flasche und lauschte, ohne mehr zu hören als das Rauschen des Alkohols in den Ohren. Schneller als ihm
guttat, jagten ein paar weiße Wolken über den Himmel. Schwankend quirlten die Kronen der Kokospalmen eine leise Übelkeit in ihm auf: die Schnäpse, die
er mit dem Kleiderhändler gekippt hatte.
Er schloß die Lider und glaubte, ein Seufzen zu hören, männliches Knurren, Flüstern und Stöhnen, das

wilde, atemlose Atmen einer Frau. Er umklammerte den Flaschenhals fester.

Als er aber die Augen öffnete, hockte Fosforito vor ihm, scharrte winselnd und hechelnd vor Freude im Sand, und kaum lächelte Lohser ihm zu und legte einen seiner betrunkenen Zeigefinger an die Lippen, sprang er grell kläffend um ihn herum und war durch kein Zischen, keinen Zuruf zur Ruhe zu bringen.

Schloß jedoch erschrocken das Maul, als ein Fensterladen aufflog und eine Stimme aus Spott und Honig fragte: Was machst *du* denn hier.

Lohser drückte die Weinflasche in den Sand und stemmte sich daran hoch. Weich in den Knien, befand er sich doch auf gleicher Augenhöhe mit der Frau. Sie trug einen weißen Bademantel, und das Licht mehrerer Kerzen schien durch ihr zerzaustes Haar. – Nun ja, sagte er, wir waren doch verabredet, oder?

Sie wickelte eine ihrer Strähnen um den Finger. – Waren wir das? Ach, richtig. Aber du zogst es ja vor, nicht zu Haus zu sein.

Er stutzte – was war das nun wieder für ein Trick –, winkte dann aber ab. – Bitte, Jovita, mach keine Witze mit einer schlichten Seele. Jetzt bin ich ja da.

Schnell trat sie näher an die Brüstung und sagte leise: Wieso kennst du meinen Namen!

Er versuchte, schurkisch zu grinsen, fühlte aber, daß ihm nur das Gesicht verrutschte. Als er verlegen die Flasche ansetzte, griff sie danach und riß sie ihm vom Mund.

Französischer Rotwein? Hier?

Er schob die Hände in die Taschen, guckte in die Luft. – Hab mal eine Stewardeß von der Air France

... Aber nein – er riß sich zusammen –, erzähl ich dir, wenn du mich reinläßt.

Sie biß sich auf die Unterlippe, schien nachzudenken, und behutsam nahm er ihr die Flasche wieder fort. Ihr Mund, sein Schwung, war herzerhebend, auch wenn die Winkel schon ein bißchen in Richtung Magenleiden zeigten.

Hör zu, sagte sie, es geht jetzt nicht. Vielleicht morgen, okay? Ich verspreche dir, dann hierzusein.

Wieso erst morgen, beharrte er und griff an den Kragen ihres Bademantels. Widerstandslos ließ sie sich ganz nah heranziehen; nur noch der Frotteestoff war zwischen ihnen und ein modisches Parfüm, ein abscheulicher Extrakt aus Lavendel und Pantherschweiß. – Weil ..., sagte sie und versuchte, ihm den Einblick in das Zimmer zu verstellen. Aber da hatte er schon, unter einem Tisch, auf dem zwischen allerlei Früchten zwei Kerzen brannten, die Schlangenlederschuhe gesehen.

Auch am Meer, weit voneinander entfernt, hockten einige Paare. Hunde streunten vor der Brandung herum, kläfften dann und wann den Mond an, und auf dem Strandstück vor Don Armandos Haus stand, erstaunlich klein, der Hubschrauber. Die gläserne Kuppel des Cockpits schien den ganzen Himmel zu spiegeln. Die beiden Männer, die sich auf der dunklen Empore unterhielten, verstummten, als Lohser vorüberging.

Ein Moskito schwirrte um seinen schweren Kopf, trennte sirrend die Naht zwischen Schlaf und Erwachen. Fosforito, auf der Veranda, gähnte. Das Geräusch seiner zuklappenden Kiefer war hölzern. Auch Lohsers Husten klang nach Holz, das Meer lag flach wie ein Brett, die ersten Gedanken – alles war aus Holz an diesem Morgen, und er scharrte etwas zusammen, machte Feuer und kochte Kaffee.

Bodennebel zwischen den Palmen reichte ein paar weißen Hühnern bis zum Hals. Ein Sonnenstrahl schien durch ihre roten Kämme. Arm in Arm schlenderten zwei Frauen in Morgenmänteln vorbei, und Lohser horchte auf.

Aber was ist mit deinem, fragte die eine. – Hör bloß auf, sagte die andere, was soll ich dir erzählen. Er wird fett, faul und dämlich. Außerdem riecht er ständig nach Knoblauch und Schnaps, ist roh und verlogen. Er schlägt mich, zerschneidet meine Kleider, zerreißt meine Tagebücher, und von seinem krankhaften, wirklich abscheulichen Geiz will ich erst gar nicht reden. Aber naja. Hauptsache, er liebt mich.

Mißmut ist nur ein Wort. Die Arme vor der Brust verschränkt, ging Lohser über den Strand und lauschte in sich hinein, ohne mehr zu hören, als das lautlose Rumoren der Ratlosigkeit, während er seine Schuhspitzen betrachtete, die sich wie Hundeschnauzen durch den Sand schoben, als wüßten sie die Richtung.

Es wurde bereits heiß, und er dachte daran, gegen Mittag mit dem Frachter nach Manta zu reisen, um von dort eventuell nach Cuenca oder Riobamba zu fahren. Aber das waren leere Spekulationen. Ebensogut hätte er von Quito nach Stuttgart fliegen können, um von dort nach Baden-Baden oder Nürtingen zu reisen. Keine dieser Städte interessierte, rief ihn wirklich, wie ihn Muisne gerufen hatte, als er den Namen des Ortes und den Wortlaut des Namens zum ersten Mal hörte.

Er hatte ihn sich damals von jener Bardame in Mexico-City, einer gebürtigen Ecuadorianerin, von ihrer rauchgrauen Stimme, ihren glänzend geschminkten Lippen unzählig oft wiederholen lassen: Muisne. Und ohne sagen zu können, warum – ein häßliches Wort, man kriegt einen dummen Mund davon –, war er doch sicher gewesen, daß er hierherreisen mußte, daß der Ort für ihn in irgendeinem Sinn bedeutsam werden würde.

Warum, fragte er laut. Und hörte seinen Freund Benno sagen: Wenn du glaubst, einen Platz gefunden zu haben, hast du ihn schon *verloren*.

Es gibt einen Kopfschmerz in Flaschenform. Lohser steckte eine Zigarette an und suchte, wie durch Schwaden verdampfenden Weins hindurch, die Ereignisse der vergangenen Nacht zusammen, was nur mühsam gelang.

Er wußte nicht mehr, was er gesagt hatte angesichts der Schlangenlederschuhe unter Jovitas Tisch. Vermutlich war er beleidigend geworden. Er sah die erschrockenen Augen der Frau vor sich, ihren jäh zusammengepreßten Mund und erinnerte den Luftzug des zuschlagenden Fensterladens im Gesicht.

Die Rotweinflasche wie eine Keule in der Faust, hatte er den Mond angebellt. Daraufhin waren die Hunde auf ihn losgegangen mit Gekläff, und als er nach ihnen trat, wäre er fast gestürzt. Hätte Jovita ihm nicht unter die Arme gegriffen.

Ihr Bademantel war offen, sie trug einen schwarzen Bikini, und Lohser sagte Hoppla, bist du ein Engel? Sie warf ein Stück Treibholz in die Meute, zog ihn fort. – Der Schutzengel der Hunde, erwiderte sie.

Sie gingen vor ihrer Hütte auf und ab, und er bemühte sich angestrengt um eine gerade Haltung, was um so schwerer fiel, als ihn nicht nur der Alkohol, sondern auch der schwüle Geruch ihres Parfüms benebelte. Hinter der Tür hörte er ein Radio, das Rauschen und Fiepen der immer wieder betätigten Senderwahl.

Wer außer dir weiß sonst noch, wie ich heiße, fragte Jovita. Nicht seinetwegen also war sie noch mal herausgekommen; er ließ das mit dem aufrechten Gang. – Ich fürchte, man konnte es deinen Eltern nicht verschweigen, sagte er und erhielt einen Rippenstoß.

Warum hast du dich in die Passagierliste der Busgesellschaft eingetragen, wenn du inkognito bleiben willst? – Ich war zu aufgeregt durch den gemeinen Überfall auf dem Markt, zu verstört, um zu lügen. Verstehst du: Mich interessiert hier jemand, den mein Name äußerst hellhörig machen könnte. Und das würde mir einiges vermasseln …

Du bist Journalistin? fragte er. – Wie man's nimmt. In diesen Breiten geht schon mal ein französischer Füh-

rerschein als Presseausweis durch. Als »Journalistin«
kann man sich jedenfalls ungehemmter umsehn. –
Und wer oder was bist du wirklich? – Die Tochter
meines Vaters, sagte sie und trank einen Schluck aus
der Flasche. – Und? Was weiter.

Bernhard Goldblat lebte als deutschstämmiger Jude
in Toulouse, als die Hitlerarmee 1943 auch das südli-
che Frankreich einnahm. Er wurde mitsamt seiner
Familie nach Auschwitz deportiert, wo er seine Frau
und seinen dreizehn Monate alten Sohn noch am Tag
der Ankunft in den Gaskammern verschwinden sah.
– Er selbst überlebte die Lager Birkenau und Buchen-
wald und kam nach dem Krieg nach Toulouse zurück. Anfang der fünfziger Jahre heiratete er wieder;
1955 wurde seine Tochter Jovita geboren.
Goldblat war Mitglied im Verband der Deportierten.
Er beteiligte sich aktiv an den Recherchen nach dem
damaligen Leiter der Gestapo, der für Lagerhaft und
Tod Tausender Menschen aus Toulouse und Umge-
bung verantwortlich war, Karl Markus Streeler.
1946 spürte man ihn, der in Abwesenheit zum Tod
verurteilt worden war, in Teheran auf. Doch gelang
ihm – wie später noch einmal in Colombo – die
Flucht. Als Jovitas Vater Anfang der siebziger Jahre
starb, wurde der Mörder in Madras, Indien, vermu-
tet. Aber niemand suchte mehr ernsthaft nach ihm. In
Frankreich verjähren unvollstreckbare Urteile nach
zwanzig Jahren, und kein Mensch darf wegen der
gleichen Untaten zweimal angeklagt werden.
Vor einem halben Jahr nun flog ich nach La Paz,
Bolivien, erzählte Jovita. Mein Mann, der dort als

Bauingenieur arbeitete, war wegen eines Verkehrsun-
falls schuldlos ins Gefängnis gekommen. Eine Menge
Amtsangelegenheiten mußten geregelt werden, zwischen denen viel Zeit blieb.

Auf einem meiner Streifzüge durch die Stadt entdeckte ich in dem Gemeindezentrum eines Randbe-
zirks eine kleine »Deutsche Bibliothek«, was mich,
ehemalige Germanistikstudentin, neugierig machte.

Ein Hausmeister gab mir einen rostigen Schlüssel und
zeigte auf eine Tür am Ende einer menschenleeren
Billardhalle. Über eine Treppe aus morschen Knochen – so klang es jedenfalls, als ich darüberstieg –
ging es in einen modrigen Kellerraum. Rascheln und
Quieken, und als ich den Lichtschalter drückte, glüh-
ten elektrische, in einem Hirschgeweih hängende
Weihnachtskerzen auf. Sie beleuchteten eine Art Hei-
matmuseum für Gespenster: zerschlissene Landkar-
ten, mottenzerfressene Fahnen. Vitrinen voller Or-
den, verstaubter Mineralien und verblaßter Schmetterlinge. Schlangen in Einmachgläsern. Ein Eichhörn-
chenfell, auf einen Stickrahmen gespannt. Zwei
schlecht ausgestopfte Schäferhunde, denen man bunte
Glasmurmeln in die Augenlöcher geklebt hatte. Ein
Kinderstahlhelm. Ein signiertes Foto von Marlene
Dietrich. Und schließlich – hinter einem Stapel leerer
Bierkästen – ein schmales, spinnwebverhangenes Bü-
cherregal.

Die einzelnen Etagen waren mit kleinen Aufklebern
markiert: Landser. Flieger. Gemischt. Liryk.

Die letzte Abteilung enthielt ein knappes Dutzend
zerfledderter Bände, und wahllos zog ich einen hervor. Josef Weinheber. Aus einem anderen, Gedichte

von Hermann Löns, rieselten die Reste getrockneter Blüten. Der dritte, ein in Schweinsleder gebundener Privatdruck, enthielt eine Sammlung witziger, zum Teil auch zotiger, in Frakturschrift gesetzter Knittelverse und Sinnsprüche von der Sorte: »Wenn meine Liebste die Kühe füttert, geben sogar die Hörner Milch« oder »Ein kluger Reiter weiß genau: erst das Pferd und dann die Frau.« Auch ein paar übel zusammengeschusterte Sonette und Lieder standen in dem Büchlein und besangen ein offenbar weit entferntes, schmerzlich vermißtes »Du«. Das Werk hieß *Windfische*, der Autor Karl Markus Streeler.

Ich staunte nicht schlecht. Der Killer schreibt Gedichte? – Nun, andere züchteten Rosen, waren Möchtegernmaler oder verkrachte Romanciers. – In den Telefon- und Adressenverzeichnissen der Stadt gab es eine Menge deutscher Namen, doch natürlich keinen Streeler. Aber die Druckerei, im Impressum angegeben, existierte noch. Der Rest war Millimeterarbeit, ein Grundkurs in Selbstverleugnung und Korruption. Forget it. Und jetzt – sie trank noch einen Schluck –, jetzt bin ich halt hier.

Unübersehbar, sagte Lohser. – Aber was …

Mach dir mal keinen Kopf, hatte sie ihn unterbrochen und war die beiden Stufen zu ihrer Veranda hinaufgestiegen. – Ich bin kein Racheengel. Worum ich dich nur bitten möchte: Vergiß meinen Namen, oder behalte ihn für dich, jedenfalls in diesem Kaff. Würdest du das für mich tun?

Staubend zerbrach das Treibholz unter den Schuhen. Er starrte die flachen Wellen an, auf denen ölige Algenfetzen schwammen. Das Meerufer verlief hier schnurgerade, und an dem Punkt in der Ferne, an dem die Linien des Palmsaums, des weißen Sandstrands und der Brandung zusammentrafen, stiegen die drei Rauchsäulen empor und verloren sich im Himmelsblau.

Bis zur Abfahrt des Schiffes war noch Zeit, und er gab sich einen Ruck und marschierte los, um endlich zu erfahren, was dort qualmte – auch wenn es ihn kaum interessierte ...

Bei den vielen Katastrophen an allen Ecken und Enden der Welt schien das *Was* ja längst nicht mehr wichtig, höchstens das *Wo*, und da es nicht unter seinen Achseln brannte, konnten ihm die Rauchsäulen eigentlich egal sein. Er hatte jedoch das Gefühl, sich sofort ein Ziel setzen zu müssen, egal welcher Art. Hätte ihn jemand zum Hühnerfischen eingeladen, er wäre mit aufs Meer gefahren.

Jovitas Hütte stand offen. In den Hängematten lagen leere Bierflaschen, auf der Verandabrüstung einige winzige, mit Nagellack bestrichene Muscheln.

Er klopfte an den Türpfosten, niemand antwortete. Das Zimmer war leer. Durch die Ritzen der Bretterwände fielen feine Lichtstreifen über das ungemachte Bett. Nirgendwo Gepäck oder Wäsche, weder Seife noch Zahnbürste im Bad, keine Nachricht auf dem Tisch – nur eine schimmernde Reihe spitzer, in einen Holzriß gedrückter Orangenkerne. Im Aschenbecher lagen zwei Schlüssel.

Lohser setzte sich auf den Bettrand, zupfte ein rotgoldenes Haar vom Laken und zog eine Zeitschrift zwischen den Kissen hervor, eine Stierkampf-Illustrierte.

Diese hieß »Muleta«, wie das Tuch, das die Matadore in der Endphase des Kampfes verwenden. Das erste Bild, das er aufschlug, zeigte das gewaltige Hinterteil eines Stiers, dem Schweiß, Blut und dunkelgrüner Kot über die Flanken liefen. Im Bildhintergrund, zwischen den Hornspitzen des Tiers, stand ein Torero in weiß-goldenem Kostüm, kniff ein Auge zu und avisierte, über die Schneide des erhobenen Degens hinweg, die Stelle in der Schultermuskulatur, die tödliche Stelle.

Die er dann, wie sich auf der nächsten Seite zeigte, verfehlte. Der Stier hob den Kopf und rammte dem schönen jungen Mann ein Horn in den Hals – so tief, daß es aus seinem aufgerissenen Mund wieder zum Vorschein kam. Starke Farben, Blende sechzehn, nichts verwackelt.

Die Hitze schien im Haar zu knistern, spannte die Gesichtshaut, machte die Lippen rissig, und wenn Lohser glaubte, sie nicht mehr auszuhalten, ging er eine Weile in dem Palmenhain weiter. Doch nie lange; dort oben in den Kronen wehte eine Brise, die die Fruchtdolden der Bäume bedrohlich schaukeln ließ.

Zwischen den Stämmen Reste bunter Boote, zerfallene Hütten, verweht vom Sand, auf dem schon wieder Gras wuchs. An rissigen Pfählen hingen zerfetzte Netze und Reusen aus zerbröselndem Rohr.

Unter dieser Sonne der flachste Strand, er wird zur Steigung. Selbst das Meer schien ermattet, rührte sich kaum. Der Wind, ein heißer Hauch, wirbelte Staubfähnchen auf, und Lohser fühlte bei jedem Schritt den glühenden Sand durch die dünnen Schuhsohlen hindurch. Er schwitzte längst nicht mehr. Als er gegen eine rostige Sardinendose trat, schien aus dem blanken Innern eine Flamme zu schlagen.

Hola! rief Don Armando unter den Bäumen, wo er mit seinem Dreirad stand. – Sie werden sich die Nase verbrennen, junger Freund.
Von den breiten Reifen des Gefährts bis zur Spitze seines Strohhuts bildete er eine massige Pyramide; der Schatten gerippter Palmblätter fiel auf sein Unterhemd, der eines Baumstamms quer über sein Gesicht. Er reichte Lohser wortlos eine Hand, mit der anderen langte er hinter sich und zog eine Blechflasche hervor. – Trinken Sie, sagte er, vertrocknen können Sie mit siebzig.
Mineralwasser, fügte er hinzu, als Lohser zögerte. Während er langsam und lange trank, ließ er den Alten nicht aus den Augen und versuchte vergeblich, sich gegen die Sympathie zu wehren, die er für ihn und sein ironisches Wohlwollen empfand. Trinkend geriet er ins Grinsen, bis ihm Wasser über Hals und Hemdbrust lief. Ein Vogelschrei gellte und verstummte wie verschluckt. Aus den Zweigen schwebten weiße Federn.
Ach ja, sagte Don Armando, junge Leute. In Ihrem Alter war ich wenigstens ebenso stattlich. Wissen Sie, warum man mich Tangohammer nennt? Lohser verneinte. – Fragen Sie die Frauen.
Leben die noch?

Er reagierte nicht. – Sie sind Müßiggänger, das gefällt mir. Menschen Ihrer Art werden immer seltener. Entweder man arbeitet bis zum Umfallen, oder man narkotisiert sich mit Shopping oder Schnaps oder sonstigen Drogen. Dagegen, mit wachen Sinnen müßiggehen, alle Bilder und Eindrücke ruhig über die Netzhaut fließen lassen – wer kann das denn noch. Sicher haben Sie gesehen, wer bei mir eingebrochen hat? – Man hat bei Ihnen eingebrochen?

Er nahm die Sonnenbrille ab, rieb sich die silberweißen Brauen. – Ein Einbruch ist ja ganz in Ordnung, wenn etwas gestohlen wird, sagte er müde. Ein Einbruch, bei dem nichts, nicht mal herumliegendes Bargeld verschwindet, muß natürlich beunruhigen.

Es ist nichts gestohlen worden? – Nun ja, ein paar uralte, unwichtige Papiere. Weiß nicht mal mehr, woher ich sie habe, wertloses Zeug. Es wäre natürlich schade, wenn es zu Mißverständnissen käme hinsichtlich der Person, von der darin die Rede ist ... Er lachte. – Das wäre dumm, aber nicht tragisch. Sind im Augenblick noch Landsleute von Ihnen im Ort?

Lohser zuckte mit den Schultern. – Wenn *Sie* das nicht wissen ... – Und die kleine, rotblonde Französin? Diese Journalistin, die angeblich eine Reportage über Haifang machen wollte und heute früh verduftet ist, ohne Miete zu bezahlen – sprach sie eigentlich Deutsch?

Nein, sagte Lohser und zog eine Zigarette aus der Schachtel, die der Alte ihm hinhielt. – Von welcher Person ist denn in den Papieren die Rede? – Keine Ahnung, sagte er. Es waren Dokumente eines Deutschen, vermutlich einer von denen, die nach dem Krieg in Europa das Weite suchten und es hier in Südamerika gefunden haben.

Lohser zündete die Zigarette an seiner Streichholzflamme an und blies ihm scheinbar versehentlich den Rauch ins Gesicht. – Eins von diesen Nazischweinen also, sagte er.

Wissen Sie – der Alte setzte die Brille auf, strich sich die Schläfenhaare glatt –, ich kümmere mich kaum um Politik und kann nicht beurteilen, ob Ihre Bezeichnung zutrifft. Ist wohl auch nicht wichtig. Die Zeiten, die Sie meinen, sind vorbei, und jener Deutsche wohl längst nicht mehr am Leben.

Und wenn doch?

Er blies einen Rauchring in die Luft, der über ihm schweben blieb. – Die Welt hat andere Sorgen. Was wollen Sie anfangen mit so einem Geschichtsrest?

Selbstjustiz, sagte Lohser ruhig. Wir binden ihn ans Bootsheck und ziehen ihn durch einen Schwarm Haie. Verbrennen fände ich auch nicht schlecht, auf kleiner Flamme, heute ein Fuß, morgen ein Arm. Oder was denken Sie? Sollte man ihn ungeachtet seines vermutlich hohen Alters und seiner Gebrechlichkeit bestrafen, oder würden Sie ihm eine Verjährung seiner Untaten zugestehen?

Er runzelte die Stirn, blickte amüsiert über den Brillenrand. – Ist er nicht mit sich selbst genug bestraft? Wofür wollen Sie ihn strafen?

Vielleicht irre ich mich, ich bin schließlich kein Deutscher, aber man hört weiß Gott genug über die jüngere Geschichte Ihrer Heimat, und ich habe darüberhinaus in allen südamerikanischen Staaten Landsleute von Ihnen getroffen, Nazischweine, wie Sie sagen. Viele waren und sind die zuverlässigsten Geschäftspartner, die ich je hatte, und mit manchen habe ich Abende lang über Hitlerdeutschland gesprochen. Interessiert Sie meine Ansicht?

Er startete die Maschine, machte eine einladende Handbewegung und fuhr im Schrittempo nah an den Palmen entlang.

Wenn ich es recht verstehe, konnte im sogenannten Dritten Reich doch nur der überleben, der Untaten entweder ausführte oder ihr Komplize war, sagte er. Wer keine Verbrechen beging, mußte sie doch billigen, wenn er ihnen nicht selbst zum Opfer fallen wollte, nicht wahr. Außer in den Lagern und am Galgen gab es also keine Unschuldigen mehr, und ohne Unschuld verliert auch die Schuld ihren Sinn und kratzt kein Gewissen. Man tat seine Pflicht, und basta.

Wie können Sie da strafen? Und wen? Seit mehr als zwei Jahrtausenden beruht das Rechts- und Gerechtigkeitsempfinden der abendländischen Menschheit darauf, daß zur Schuld auch das Bewußtsein gehört, schuldig zu sein. Jedenfalls habe ich das so oder ähnlich gelesen. Wie aber soll einer dies Bewußtsein haben in einem System, in dem es keine Schuld im alten Sinn mehr, in dem es nur noch Befehl und Gehorsam gibt. Hitlerdeutschland war ein von allen Ländern der Welt anerkannter Staat; wie konnte da ein loyaler Staatsdiener, ob Pförtner oder Mörder, das Gefühl haben, Unrecht zu tun?

Ach, hören Sie auf, sagte Lohser. Wer weiß, was weh tut, weiß auch, was Moral ist!

Gut gebrüllt, antwortete er. Die Arroganz der Nachgeborenen tut Ihnen jedenfalls nicht weh. Sie wollen also Menschen strafen, nur weil sie ihre Pflicht getan haben und die, wären sie anders verfahren, ihre Kinder und Frauen und sich ins Verderben gerissen hätten? Was unterscheidet Sie dann eigentlich von denen, die Menschen aburteilten, nur weil sie Juden waren?

Er bog in einen Weg ein, der den Palmenwald durchkreuzte und vor zwei langen, im spitzen Winkel zueinanderstehenden Wellblechbaracken mündete. Arbeiter schaufelten ein weißes, stark staubendes Granulat auf ein Förderband, das in der Öffnung eines Silos verschwand. – Kommen Sie, rief Don Armando, leisten Sie mir noch etwas Gesellschaft.

Ächzend stieg er von der Maschine, erwiderte mit einer Handbewegung die Grüße der Männer und murmelte: Arbeiten sollt ihr, nicht grüßen. Er öffnete eine Barackentür, blieb jedoch auf der Schwelle stehen und faßte Lohsers Arm.

Ich zum Beispiel bin Geschäftsmann, sagte er mit plötzlich gedämpfter, fast raunender Stimme. Ich muß mich im Rahmen bestimmter Gesetze bewegen, Marktgesetze. Ich muß Macht gewinnen, immer mehr Macht, wenn ich nicht immer weniger besitzen will, da Macht ihrer Natur nach vital ist und man sie nur erhalten kann, wenn man sie erweitert. Stillstand ist ihr Tod. Und um Macht zu gewinnen oder zu erweitern, kann ich nicht menschlich sein – jedenfalls nicht in dem sentimentalen Sinn, in dem Sie sich über die ach so schmerzvolle, unmoralische Geschichte grämen. Während ich nichts anderes tue, als den

Marktgesetzen dieser Welt zu gehorchen, gehen eine Menge Menschen drauf; winzige Zahlenverschiebungen in meinem Taschenrechner können ganze Wirtschaftszweige und daran hängende Ortschaften veröden – und doch käme niemand darauf, mich zum Tod zu verurteilen, oder? Wie jeder Geschäftsmann bin ich vermutlich über Leichen gegangen, aber die Enkel dieser Leichen verdanken mir heute ihre Arbeitsplätze. Auch ich führe nur Befehle aus, Señor, der Markt erläßt sie, ich führe sie aus und fühle keinerlei Schuld. Im Gegenteil. Ich fühle einigen Stolz, denn ich habe diesen Marktgesetzen mein Geschäft abgetrotzt, meine Macht, sie in gewisser Weise mitzugestalten!

Sie betraten einen kleinen Raum, in dem sich nichts als ein Barhocker und ein Pult voller Armaturen befand – Knöpfe, Druckmesser, Thermometer – und der vom Rest der Baracke durch einen mannshohen Wandschirm abgeteilt war. Don Armando flüsterte jetzt.

Wer etwas aus sich machen will, darf sich nichts aus anderen machen. Jeder Kreative – schreibt er einen Roman, baut er einen Konzern auf oder gestaltet er einen Staat nach seinem Willen – ist ein Unmensch, muß es sein, kann keine Rücksicht nehmen auf das Ach und Weh seiner Nächsten, deren klebrige Menschlichkeit sich ja doch nur im Fressen, Saufen und Vögeln erschöpft. – Kiffen! ergänzte Lohser. Der Alte winkte ab.

Irgendwann steht jeder vor der Entscheidung: Stelle ich Wurst her, oder lasse ich mich verwursten, junger Mann!

Lohser fragte sich, warum er in dieses Beichtstuhlgeflüster verfallen war. Hatte er Angst, daß sein Gerede in normaler Lautstärke zu hohl klang? Einmal mehr fiel ihm auf, wie klein sein Kopf sich ausnahm gegenüber dem ungeheuer massigen Körper. Auch waren die Lippen seines Mundes erstaunlich voll für das Alter, als hätte er zeitlebens nichts Verbitterndes an sich herangelassen. Er nahm auf dem Barhocker Platz, der vermutlich alle viere von sich gestreckt hätte, wären sie nicht von einem Eisenring zusammengezwungen worden, und öffnete eine kleine Luke im Wandschirm. Mit einer Handbewegung bedeutete er Lohser hindurchzublicken.

Die schmale Baracke war fensterlos, aber zwischen den Dachbalken brannten ein paar Glühbirnen, so daß er den Raum bis zu seinem Ende überschauen konnte.
Er war lang wie ein Alptraum und bis in die Firstspitze hinauf angefüllt mit gespannter Stille. An der gegenüberliegenden Giebelseite befand sich ein ovales, schwarzes Loch, das an ein aufgerissenes Maul denken ließ und Anfang oder Ende einer blanken, den Raum der Länge nach durchlaufenden Steinrinne war. Auch die rostigen Wände glänzten bis in Kniehöhe wie poliert, und der Fußboden, soweit er sichtbar war, bestand aus einem feinmaschigen Gitterrost, auf dem unzählige in einer panischen Wachsamkeit erstarrte Schweine lagen.
Knapp tausend Exemplare, zischte Don Armando. Aber in dieser Sparte zahle ich drauf. Der Stückpreis ist ein Witz.

Warum sprechen Sie so leise, flüsterte Luhser. Verstehen die Spanisch?

Er schüttelte den Kopf, schaltete ein paar zusätzliche Glühbirnen ein. – Ich zeige es Ihnen. Und mit einem Schritt, den ihm keiner so schnell zugetraut hätte, stellte er sich vor den Wandschirm und breitete die Arme aus.

Kurzes, erschrockenes Grunzen durchfuhr die riesige Herde. Alle Tiere hoben die Schnauzen, manche stellten sich auf die Vorderbeine und blickten mit zusammengekniffenen Augen aus dem Schatten ihrer umgeschlappten Ohren hervor.

Passen Sie auf, flüsterte Don Armando, holte Luft, hob das Kinn und sagte in ganz normaler Lautstärke, so, als beträte er ein Wohnzimmer, ein Büro oder Restaurant: Hallo, meine Freunde!

Mit einem Ruck war die ganze Herde auf den Beinen. Jedes Tier versuchte davonzulaufen, und stieß doch nur ans nächste. Das massenhafte Grunzen klang wie Donnergrollen, die borstigen Leiber, soweit es die Enge zuließ, wogten kreuz und quer durcheinander, immer schneller, wobei manche Schweine andere übersprangen, die Bodengitter rasselten – und schließlich gellte ein Kreischen wie von tausend Glasschneidern durch die Blechbaracke und ließ sie vibrieren.

Der Alte huschte wieder hinter den Wandschirm. – Kapiert? Sind ein bißchen überzüchtet, die Kleinen. Die Nerven liegen sozusagen frei. Mit zunehmendem Fett werden sie natürlich ruhiger. Aber wenn wir Pech haben, liegen jetzt ein paar Herztote im Pferch. C'est la vie. Und er drückte einige Knöpfe, zog einige

Hebel und setzte so die Förderbänder in Gang, die den Mist unter den Bodengittern beseitigten.

Sehen Sie sich das also an, sagte er, nun wieder leiser, denn die Tiere hatten sich beruhigt, standen reglos und stumm, nur hier und da war erschöpftes Schnaufen zu hören, und Kondenswasser tränte von den rostigen Wänden. – In wenigen Jahren wird es auf der Welt zugehen, wie in diesem Stall: so eng, so düster und so stinkend – in manchen Erdteilen ist es ja bereits soweit. Und wehe Ihnen, wenn Sie dann im falschen Licht stehen, wenn Sie noch an irgendeine Menschheit glauben, an ihre schönen und guten Möglichkeiten. Dann sind Sie nichts als ein dummes Schwein und gehören auf die andere Seite des Wandschirms.

Meinen Sie denn wirklich, inmitten des milliardenfachen Krepierens an Hunger, Umweltgift und Seuchen kräht noch ein Hahn danach, daß irgendwann in irgendeinem Winkel der Welt – wo war das noch – ein paar Juden vergast wurden?

Erneut kam Unruhe auf im Stall. Der Alte sah auf die Uhr, wendete sich dem Schaltpult zu und schlug mit der Faust auf einen großen, roten Knopf. Ein gurgelndes, an eine Klospülung erinnerndes Geräusch wurde laut und auch schon von dem wiedereinsetzenden ohrenbetäubenden Quieken der Schweine, ihrem Getrappel auf dem Gitterboden, verschluckt.

In pulsierenden Schwällen schoß eine lehmbraune, klumpige Flüssigkeit aus der Öffnung am Ende der Rinne hervor, ein Geruch nach Medizin erfüllte den Raum, und tausend Schnauzen senkten sich schmatzend in den Schlamm.

Da die Mehrzahl der gierig schlingenden Tiere in der

oberen Hallenhälfte fraß, bekamen die in der unteren fast nichts mehr ab. Irritiert rieben sie die Nasen an dem trockenen Stein und hoppelten schließlich zwischen die anderen, versuchten ächzend, an die Rinne zu drängen. Wenn das nicht möglich war, stiegen sie auf die Rücken der Fressenden, robbten schnaufend und grunzend ein Stück weit vor und ließen sich der Länge nach ins Futter fallen.

Nun, sagte Don Armando, als sie wieder vor der Baracke standen, wäre das nichts für Sie?
Immer noch hing Lohser der dummen Brillanz seiner Gedanken nach und reagierte nicht gleich. Daß es solche Menschen gibt, hatte er gehört; begegnet man ihnen aber leibhaftig, kann man es doch kaum glauben, auch wenn der Rohstoff ihrer Ungeheuerlichkeit kaum mehr als dieses widerspruchslose Staunen ist. – Was meinen Sie, fragte er.
Daß ein Fotograf ohne Kamera doch sicher nicht viel verdient. Sie sind Deutscher, und Deutsche sind bekanntlich sehr zuverlässig. Sowas fehlt hier. Ich könnte jemanden gebrauchen, der zweimal am Tag die Knöpfe drückt und den Arbeitern ein wenig auf die Finger sieht. Die klauen mir jede Woche eine Sau. Wie wär's? Ihre Aufenthaltsgenehmigung ist natürlich kein Problem. Sie würden in dem Häuschen wohnen bleiben und hätten monatlich ... – Danke, unterbrach Lohser und hob beide Hände, vielen Dank! Nichts für mich – ich will weiter. Auf Wiedersehen!
Erst am Strand, schon wieder im gleichmäßigen Trott durch den heißen Sand, fiel ihm auf, daß er sich vor Schreck auf deutsch verabschiedet hatte.

Die Sonne stand fast im Zenit, und er ging immer öfter im Schatten der Palmen. Dabei hatte er einige Mühe, sowohl den holprigen Weg voll Ochsendreck als auch die Damoklesnüsse im Auge zu behalten.

Seit einer Weile kam ihm jemand entgegen, doch konnte er wegen der engstehenden Stämme nie die ganze Person ausmachen, immer nur einen Hemdzipfel, ein weißes Hosenbein. Offenbar trug die Person einen Eimer.

Die Zeit auf dem Schweinehof abgerechnet, war Lohser eine Stunde gegangen, aber den Rauchsäulen kaum wirklich näher gekommen, wie ihm schien. In seinem Grimm über Don Armando kam ihm selbst das typisch deutsch vor: dieses Unvermögen, den Weg als Weg zu gehen und nicht als lästigen Abstand zum Ziel zu betrachten. Ein Deutscher, dachte er, will immer gleich alles hinter sich bringen, nicht wahr. Oder doch alles, was ihm mühevoll und lästig erscheint. Daher auch die berüchtigte Arbeitswut, der angebliche Fleiß dieses Volkes, das in Wahrheit stinkfaul ist. Und doch: Er war dem Rauch kaum näher gekommen.

Der Gürtel jener Person mit dem Eimer – ein Blitzen zwischen den Stämmen, die zu schwanken, zu knarren begannen. Fauchend wirbelte Sand auf, ein Stecknadelsturm auf der Haut, manche Bäume bogen sich wie Geierhälse herab, und die Zweige flatterten, als wollten sie davonfliegen. – Der ganze Wald schien sich zu ducken unter dem Donnern des Düsenjägers, und Lohser, in einem Geflacker aus grünen Schatten und Licht, blieb stehen und zog die Schultern hoch. Zwölf Uhr.

Mit der Gleichmäßigkeit von Glockenschlägen –
Sturmglocken – fielen die Früchte um ihn herum auf
den Boden, ein ledernes Geräusch. Manche der dik-
ken Faserhüllen platzten auf und wurden von nach-
schlagenden Nüssen zerfetzt bis auf das weiße
Fleisch. Kleine Zweige, Schalensplitter und Kokosmilch spritzten durch die Luft, und in hasenhaftem
Zickzack und einer Geschwindigkeit, die ihm neu
war, erreichte er die Trümmer einer Hütte, ihr Dach,
ein sandverwehtes Wellblechzelt, und lag mit einem
Hechtsprung darunter.
Er stieß einen Eimer voller Fische um, Sardinen, die
glitzernd über den Boden glitten.

Paß doch auf!
Die rauhe Stimme kam ihm bekannt vor. Auf den
Knien, blinzelte er in das Halbdunkel, in dem Kork-
schnüre und Fetzen verstaubter Netze hingen, und
erkannte, in weißen Jeans, weißer Bluse und golde-
nem Gürtel, Elvira Belmonte, die Frau des Polizisten.
– Ach Gott, entfuhr es ihm, du hast mir gerade noch
gefehlt! In diesem Augenblick schlugen mehrere Kokosnüsse auf das Dach, das etwas herabsackte. In-
stinktiv stemmte er die Arme dagegen.
Du duzt mich ja, sagte sie erfreut und rutschte, ebenfalls auf den Knien, nah an ihn heran. – Wirklich
wahr? Habe ich dir gefehlt? Ihr Lächeln war durchaus bezaubernd, aber die Hände mit den kleinen, rot-
lackierten Klingen wanderten wie Spinnen über seinen Körper. – Ganz ruhig, sagte er und versuchte, sie
mit der Hüfte wegzudrücken. Die erhobenen Arme
begannen zu zittern. – Ich fürchte, das Dach stürzt

ein! – So halt es doch fest, erwiderte sie leise, biß ihm sanft in die Unterlippe und knöpfte sein Hemd auf –

Prall wie Papayas sprangen ihre Brüste aus der engen Bluse. Die Klischees sind so gnädig, dachte Lohser. Als sie sich hinlegten – das Dach sackte nur wenig nach –, hörte er von fern den Gesang der Frauen und Kinder, die die Nüsse einsammelten, und fühlte die kühlen Sardinen im Rücken.

Später gingen sie ans Wasser, um den Sand abzuwaschen; er klebte an ihr wie ein Silbertrikot, und sie lachte über seinen panierten Unaussprechlichen. Die Sonne brannte schwächer.

Liebe Güte, sagte Lohser, als er den möwenumflatterten Frachter aufs Meer hinausfahren sah, wie lange lagen wir zusammen? Der Kapitän winkte mit der Mütze. – Länger als die Polizei erlaubt, murmelte Elvira und zog ihn weiter.

Glotz nicht wie ein Fisch im Wind! Wenn die Flußmündung passierbar ist, fährt der Kahn jede Woche. Und warum willst du jetzt schon reisen. Du bist doch gerade erst – das Wasser reichte ihnen bis zu den Schultern, sie umschlang seine Hüften mit den Schenkeln –, du bist doch gerade erst gekommen.

Und während sie sich ruhig mit den Wellen bewegten und er das »Fluthuhn« davonschwimmen sah in ihren dunklen, mit jeder Bewegung größer werdenden Augen, vergaß er bereits, auf dem Deck, zwischen den Personen vor der Steuerkabine, die rotblonde Jovita erkannt zu haben. Sie hatte den Fotoapparat vors Gesicht gehoben und sich offenbar ein Bild von ihm gemacht. Elvira schloß die Lider und erstickte einen Schrei an seinem Hals.

Gemeinsam gingen sie durch das hohe Schilf, über Trampelpfade und Bretterstege an der Rückseite des Dorfs entlang, wo die Zäune im Sumpf versanken und verwilderte Gärten begrenzt wurden vom Knurren unsichtbarer Hunde. Als der Weg sich gabelte, blieben sie eine Weile wortlos voreinander stehen. Elviras etwas abgespannte Gesichtshaut, die Spuren des Alterns um Augen und Mund erregten ihn von neuem, und er schloß einen ihrer Blusenknöpfe. Sie wischte etwas angetrockneten Sand von seinem Hemd. Als er ihr einen Klaps auf den Hintern geben wollte, wich sie schnell aus.
Die Wege der kleinen Parkanlage waren übersät mit zinnoberroten Blütenblättern, in die sich das Sohlenprofil unzähliger Schuhe eingedrückt hatte.
Haufenweise gebrauchtes Geschirr auf den Tischen des Restaurants, und Lohser bestellte ein Steak und eiskaltes Bier. Er verschränkte die Hände im Nacken und sah träge dem Küchenrauch nach, der grau durch die einfallenden Sonnenstrahlen schwebte, blau durch die Schatten. Unter dem Fußboden plätscherten die Flußwellen.
Die Haifischjäger umstanden die Kellnerin. Sie hielt ein haariges, bibberndes, mit einer rosa Schleife geschmücktes Etwas im Arm.
Warum hat er denn immerzu Angst, fragte der mit der tätowierten Glatze. – Ja warum, fragte der ohne Finger. – Ach Gott, wie soll ich das wissen, sagte die Frau. Schon in der Kindheit haben ihm die anderen

immer alles weggefressen. Er ist wohl einfach nur schüchtern. – Schüchtern, schüchtern! Das ist doch nicht natürlich! rief der mit dem Lederhut, schon in der Tür. – Wenn das mein Hund wäre, ich würde ihn verdreschen, bis er keine Angst mehr hätte!

Draußen schrillte eine Trillerpfeife. Auf dem Steak, in der Lache aus Bratensaft und Fett, spiegelte sich winzig der sonnenhelle Eingang, und Lohser durchschnitt das Bild in dem Augenblick, in dem die Silhouette des Polizisten darin erschien.

Die Fäuste an die Hüften gestemmt, blieb er im Gegenlicht stehen, bis seine Augen sich an das Halbdunkel gewöhnt hatten. Man hätte ein Faß zwischen seinen Beinen hindurchrollen können. Als er schließlich in den Raum gestiefelt kam, klirrten die Salz- und Pfefferstreuer auf den Tischen leise aneinander. Die Verschlußlasche seiner Pistolentasche schlappte auf und ab, sein Hemd hing aus der Hose. Er packte einen Stuhl, setzte sich rittlings und wünschte einen guten Appetit. Lohser schluckte den Bissen im Mund hinunter. Es war der Schwarze.

Wegen des Bestecks in beiden Fäusten legte er nur einen kleinen Finger in die Hand, die der Polizist ihm hinhielt. – Muñoz mein Name, sagte der mit stierem Blick auf das Essen. Sieht gut aus. Werde mir nachher auch so was genehmigen.

Er war etwas außer Atem. Die Schatten in seinem Gesicht schienen bläulich. – Viel zu tun? fragte Lohser. – Ach wo. Was soll man schon zu tun haben in diesem Nest. Wenn man sich nicht gerade besäuft, kuriert man seinen Kater aus, immer dasselbe. Mögen Sie die Salzgurke nicht? – Nein. Bitte, nehmen Sie.

Eine Weile kauten sie schweigend. Dann schenkte er Lohser das Glas voll, lehnte sich entspannt an die Wand und trank den Rest aus der Flasche.

Bundesrepublik Deutschland, wo liegt das eigentlich genau, Señor? – Mitteleuropa, gleich hinterm Mond, antwortete er und rieb den Teller mit einem Stück Brot blank. Der Schwarze neigte sich vor. – Gibt es dort auch blonde Frauen? – Blonde Frauen? Massenhaft. – Wie blond? – *Wie* blond? – Nun ja, bepißtes Stroh oder goldblond? – Alles, würde ich sagen, jede Art. – Und sind sie überall blond? Ich meine … – er machte eine Handbewegung –, oder gibt es auch Gescheckte? – Soviel ich weiß, sind sie überall blond, sagte Lohser, bis an die Zähne. Und mit dem Daumennagel versuchte er, ein Streichholz anzuspitzen, um es als Stocher zu benutzen.

Unser Arzt hatte auch mal eine blonde Frau. Man erzählt, sie sei zu weit hinausgeschwommen, als sie die Regel hatte. Wir fanden ihre halbverdaute Hand mit dem Ehering in einem Hai.

Interessant, murmelte Lohser und zerbrach das Streichholz. Der Schwefelkopf rollte über den Tisch an die Kante, wo er eine Weißbrotkrume in den Abgrund riß.

Mir persönlich ist die Haarfarbe egal, sagte der Polizist, mir kommt es mehr auf das Einkommen als auf das Aussehen an. Ich meine, woran sonst soll man sich halten bei dem mißratenen Geschlecht?

Lohser grinste höflich, zerbrach das zweite Streichholz, stach sich einen Splitter unter den Nagel. – Warten Sie, sagte Muñoz, ich hab was. Er langte in die Hosentasche, kramte ein Schnupftuch, eine Tril-

lerpfeife und ein Notizbuch hervor und schob schließlich die Hand über den Tisch. – Versuchen Sie's damit.
Unter den gespreizten Fingern glänzte der Griff aus Perlmutt. Draußen strich die weiße Katze vorbei.

Der plötzliche, melancholische Ernst machte sein Gesicht um Jahre älter, und Lohser bemerkte ein paar graue Haare in seinen Augenbrauen.
Ist *das* eine Überraschung? fragte der Polizist.
Donnerwetter! Das ist eine Überraschung. Haben Sie die kleine Schlange beim Wickel gekriegt? Das Geld kann ich natürlich vergessen, oder?
Das Geld? Er schlug sich an die Stirn. – Natürlich, das Geld! Entschuldigen Sie, sagte er und reichte ihm eine Fünfzigdollarnote. War nur Spaß. Wenn mein Kollege betrunken ist, führt er sich auf wie ein südamerikanischer Bulle. Das Messer gehört doch Ihnen?
Der Griff hatte einen Sprung, die hervorschnellende Klinge knirschte sandig. Das eingravierte *Made in Germany* war schwarz vor Dreck. – Ein Geschenk meiner Freundin, sagte Lohser, ein Talis...

Muñoz zündete eine Zigarette an und ließ das Streichholz auf den Teller fallen, wo es zu einem schwarzen, sich windenden Würmchen verbrannte. Er stand auf, machte eine Kopfbewegung, und die lässige Bestimmtheit, mit der er aus der Tür und über die Straße ging, ohne sich noch einmal umzudrehen, war ungefähr so zwingend wie Handschellen.

In der Gasse zwischen Bank und Bar unterbrachen
Kinder ihr Murmelspiel. Die Polizeiwache, tapeziert
mit Fahndungsplakaten und Pin-ups, bestand aus einem einzigen Raum, in dem zwei Schreibtische und
ein Aktenschrank standen. Irgend etwas war mit ver-
schiedenfarbigen Klebebändern derart oft zusam-
mengeflickt worden, daß man den Klumpen erst auf
den zweiten Blick als Telefon erkannte. Aus einem
Wasserhahn lief ein feines Rinnsal an der Stelle vorbei, an der das Waschbecken gehangen hatte, und verschwand in einem Bodenloch. An den leimbestriche-
nen Flügeln des Ventilators schillerten grünschwarze
Fliegen.
Elviras Mann saß hinter einer Schreibmaschine und
sah nicht auf, als sie den Raum betraten.
Du hattest recht, sagte Muñoz, zog einen Stuhl heran
und bedeutete Lohser, sich hinzusetzen. – Das Messer gehört ihm. Belmonte nickte, blies eine pomadi-
sierte Locke aus der Stirn, unterbrach aber nicht seine
Arbeit. Er schrieb schnell, ohne auf die Tasten zu
sehen.
Der Schwarze griff nach einem Haufen Polaroidfo-
tos, der neben der Maschine lag, zwei Dutzend oder
mehr, fächerte sie wie ein Kartenspiel und setzte sich
auf die Tischkante, wobei seine Pistole sich ein Stück
weit aus der Tasche schob. Während er Lohser Bild
für Bild wie Trümpfe vorlegte, wurde die Tür einen
Spalt breit geöffnet, und die Kinder lugten in den
Raum.
Jedes Foto zeigte dieselbe Person: von vorn, von den
Seiten, im Ganzen, im Detail, aus der Nähe und aus
einigem Abstand aufgenommen, lag Don Armando

zwischen Bierkasten und Schreibtischstuhl auf dem Fußboden seines Hauses. Nirgendwo Blut, aber das weiße Unterhemd war wie gemustert von vielen kurzen, roten Strichen. Ein angewinkelter Arm – die Hand ragte krallenartig in die Luft. Die andere umklammerte den Schuh, der am linken Fuß fehlte. Die Augen des Alten waren halb geschlossen, der Mund wie in einem Krampf widernatürlich weit aufgerissen, während die Zähne seiner Prothese aufeinanderlagen. In seinem Hals steckte Lohsers Messer.

Olé! sagte Muñoz, nachdem er das letzte Bild auf den Tisch geworfen hatte: Saubere Arbeit. Der Sack ist nach innen verblutet. Und jetzt erzählen Sie mal.

Das Geklapper der Schreibmaschine verstummte. Auch Belmonte zündete sich eine Zigarette an, legte die Beine hoch und schüttete den Inhalt des randvollen Aschenbechers schneller durch den Türspalt, als die Kinder ihn schließen konnten.

An diesem Tag – es war kurz vor Weihnachten – begann es zu regnen und hörte lange nicht mehr auf. Der Himmel hing tief, die Wolken verschluckten die Palmkronen, durchzogen das Turmgerüst der Kirche und drängten sich so niedrig über den Dächern, daß das Wasser erst gar nicht zu Tropfen zerfiel. Es schien wie eine graue, sanft bewegte Plastikplane vor Lohsers Fenster zu hängen, so undurchsichtig oft, daß er Vorübergehende nur aufgrund der veränderten Regengeräusche wahrnahm.

Sein neues Zimmer unterschied sich kaum von dem vorherigen am Meer, abgesehen davon, daß es im ersten Stock lag und weder eine Dusche noch elektrisches Licht, dafür aber mehr Ungeziefer enthielt. Tisch, Stuhl, Feldbett, und es gab eine Petroleumlampe, die er oft schon am frühen Nachmittag anzündete, wenn er am Fenster saß und dem Regen zuhörte, dem Prasseln oder Pladdern über Schirme und Capes, dem Geklingel in Blecheimern, dem Klatschen auf ein Pferdefell.

Manchmal konnte er bis zur Flußmündung sehen, oder doch dahin, wo sich einmal die Mündung befunden hatte. Unter den dauernden Wolkenbrüchen uferten alle Arme des Deltas unaufhaltsam aus. Täglich wurde neuer Müll herbeigeschwemmt – Ölfässer, Tierkadaver, Autowracks, ganze Holzhütten – und verzahnte sich mit ausgerissenen Büschen und Bäumen zu träge wandernden Dämmen. Täglich wurden sie gesprengt, damit das steigende Wasser nicht auch das Dorf hinaustrug auf die See.

Kutter und Frachter, die am Horizont erschienen, drehten nach kurzer Inspektion der unpassierbaren Mündung wieder ab, nichts bringend, nichts hinterlassend als ihren verwischten Anblick und den bedauernden Ton der Signalhörner. Kein Flug- oder Landewetter für Hubschrauber, alle Straßen versackt, Telefonleitungen tot – einzig ein paar Indianer, hagere, violett bemalte Ureinwohner, die Trenchcoats über dem Lendenschurz trugen, fanden Wege durch Dschungel und Sumpf und waren gegen haarsträubend hohe Preise zu Kurierdiensten nach Esmeraldas bereit. Ihnen vertraute Lohser den Brief an Lydia an.

Am meisten fürchtete er sich vor der Angst. Wer Angst hat, ist nicht bei sich, dachte er, geschweige denn bei Trost; er vergeht sich gegen seinen Stern, kündigt ihm das Vertrauen auf, und das Befürchtete tritt ein. Man stolpert über den Lichtstrahl, der einem den Weg zeigen wollte, wie über einen glühenden Draht; das Glück kehrt sich ab und läßt dich im Dunkeln stehen, gottverlassen.

Don Armando war offenbar kurz nach dem Gespräch im Schweinestall getötet worden. Dem Bericht der Arbeiter zufolge, mußte er um elf Uhr fünfundvierzig geradewegs zu seinem Haus gefahren sein.
Um zwölf Uhr zehn war Alvarez erschienen, um Puls und Blutdruck zu messen; einer Abmachung gemäß geschah das dreimal pro Woche zur selben Zeit. Der Arzt gab zu Protokoll, niemanden in der Nähe des Hauses bemerkt zu haben, als er die Stufen zur Empore hinaufstieg. Die Tür stand offen, ein Radio lief, und beim Betreten der Wohnung sah er auf den ersten Blick, daß der Blutdruck seines Patienten zu niedrig war, wie bei allen Toten.
Die endlosen Verhöre, während der Regen wie eine zerkratzte Platte rauschte, kreisten stets um dieselbe Frage: Wo Lohser, der zuletzt mit Don Armando gesehen worden war, in der Zeit zwischen elf Uhr fünfundvierzig und zwölf Uhr zehn gewesen sei.
Jetzt erzähl uns nicht schon wieder, du hast einen Spaziergang gemacht, weil du die Sonne, das Meer und die Palmen liebst, bist um zwölf vor den herabstürzenden Nüssen in eine der zerfallenen Fischerhütten geflüchtet und dort eingedöst! Ich kann den Scheiß nicht mehr hören! sagte Belmonte.
Da Lohser nun einmal gestanden hatte, der Besitzer

des Messers zu sein (es half wenig, es später wieder zu bestreiten, und die Wahrheit – daß es ihm gestohlen worden sei von einem Unbekannten – wurde laut belacht) und da er niemanden als Zeugen nennen konnte für seine Siesta unter den Palmen, hatte er keine guten Karten. Außerdem war er ein schlechter Spieler.

Als Muñoz begann, seine Fragen mit kleinen Gemeinheiten zu unterstreichen – etwa, indem er ihm einen Stiefelabsatz auf die Zehen stellte und langsam sein ganzes Gewicht darauf verlagerte oder ein paar von Lohsers Schläfenhaaren herumdrehte, daß es ihn vom Stuhl hob –, vergaß er einen Augenblick lang alle Vorsicht und sagte taktisch unklug, doch aus vollem Herzen: Ach, leckt mich am Arsch.

Die Antwort war ein schneller Schlag, ein feines Knacken, Blut auf seinen Schuhen.

Da es im Ort kein Gefängnis gab, es wurde gebaut – Übeltäter, vermeintliche oder überführte, schaffte man gewöhnlich in die Kreisstadt –, hatten die Polizisten ihn in der Abstellkammer über der Wache untergebracht. Dort sollte er bleiben, bis ein Weg in die reguläre Untersuchungshaft frei wurde.

Ein Bote mit löchrigem Schirm brachte das Essen aus dem Restaurant herüber – Wassersuppen und Gulasch von begossenen Pudeln, wie er zu scherzen liebte. Bei ihm konnte Lohser auch Zigaretten kaufen, nichts sonst; Alkohol war ihm verboten. Aber am Heiligen Abend – er fror, kämpfte vergeblich mit den viel zu kurzen Indianerdecken und kratzte sich die »Flohstraßen«, die Reihen dicht aufeinanderfolgender Bisse wund – pfiff der Arzt unter seinem Fenster und warf eine große Flasche Cognac durch den Regen.

An Silvester wurden an den Straßenecken und Wegkreuzungen des Ortes kleine Podeste errichtet, von Dächern aus Palmblättern geschützt. »Año Viejo«, Altes Jahr, hieß der Brauch, nach dem man auf diesen Bühnen mit viel Pappe, Farben, Leisten und Kleister Szenen modellierte, die im vergangenen Jahr die Gemüter bewegt hatten – etwa den Flugzeugabsturz mehrerer oppositioneller Politiker ins Meer, weil der Pilot vergiftet worden war; er saß mit großen Augen im violetten Gesicht hinter dem Steuer, aus seinem Mundwinkel ragte ein grünes Hühnerbein; oder den Kokainhandel des »Singenden Boxers«; oder den Mord an Don Armando.
Fast lebensgroß lag die Attrappe des Alten inmitten einer Herde lachender Schweine. Aus seinen Haaren ragten zwei Hörnerstummel, die Hose war mit einer Schlange gegürtet. Auf die Schuhsohlen hatte man Hakenkreuze gemalt, und aus seinen Wunden floß Geld.
Um Mitternacht sollte das alles in Flammen aufgehen. Doch durchbrach ein stärker und stärker prasselnder Regen schon Stunden vorher die Schutzdächer oder schlug sie um, wusch Leim und Farben von der Pappe. Schwein um Schwein ließ die Ohren, das Flugzeug die Flügel hängen, die Figuren sackten langsam zusammen und waren um null Uhr eins mit dem Schlamm. So blieb es schwarz zum Jahreswechsel. Nur ein einzelner, aus dem Dunkeln ins Dunkle ge-

worfener Knallfrosch hüpfte mehr hustend als krachend unter dem Fenster durch den Matsch, machte ein paar funkensprühende Kapriolen und wurde von einer Pfütze verschluckt.

Am frühen Neujahrsmorgen – Lohser lag wach und betastete mit der Zungenspitze sein neues Körperteil, die Zahnlücke, die ihm grauenhaft groß vorkam, wie ein Einstieg in den eigenen Abgrund – hörte er jemanden die Treppe heraufkommen mit einem Krach, der nichts Gutes versprach. Es klang, als würde mit jedem Schritt eine der morschen Stufen zertreten. Er öffnete das Fenster und lehnte sich mit dem Rücken an die Wand.
Schnaufend machte die Person sich an dem Schloß zu schaffen mit einem viel zu kleinen Schlüssel und antwortete nicht auf Lohsers Hallo! Wer da! Mehrmals schien sie die Schultern gegen die Tür zu rammen – nur etwas Lack sprang ab. Endlich trat sie gegen eins der unteren Holzfelder, das riß und splitterte – ein Stiefel mit Messingspitze stand im Raum, verschwand, und Belmonte steckte den Kopf herein.
Betrunken schielte er ein wenig. Zwei fettige Locken hingen ihm ins Gesicht, frische Kratzer verliefen von einem Augenwinkel zum Mund, in dem er eine kalte Zigarette hielt. Ein Schimmern belebte seinen dumpfen, suchenden Blick, als er Lohser am Ende des schmalen Raums entdeckte. – Dabei hätte ich gewettet, du machst dir nichts aus diesen Pißnelken, rief er und wand sich auf allen vieren durch die Öffnung.
Lohser setzte sich rittlings auf die Fensterbrüstung. Das Geschoß darunter war hoch; außerdem verliefen

die kürzlich betonierten, von Moniereisen starrenden Fundamente des Gefängnisneubaus hart an der Hauswand. Da bemerkte er, daß die Pistolentasche des Polizisten leer war, und blieb erstmal sitzen.

Ja-ha! machte Belmonte, jetzt hast du Schiß, mein Hübscher! – Vergeblich bemühte er sich, auf die Beine zu kommen. Um im Gleichgewicht zu bleiben, ruderte er mit einer Hand in der Luft herum, während er langsam ein Knie hob. Zog er das andere nach, knickte ihm das erste wieder weg, so daß er mit Schwung vornüber kippte und einmal sogar aufs Kinn schlug.

Macht nichts, murmelte er, macht gar nichts. Dafür zerbeiß ich dir jedes Ei einzeln. – Er versuchte, sich an der Kante des Feldbetts hochzustemmen, das wegrutschte; das leichte Gestell rubbelte ein Stück weit an der Wand entlang, ein Bein brach ab, und Belmonte, auf dem Bauch, starrte die halbvolle Cognacflasche an, die unter der Pritsche zum Vorschein gekommen war. – Was'n da!

Französischer? Er drehte sich auf den Rücken, entkorkte die Flasche mit den Zähnen, trank einen Schluck. – Du lebst ja nicht schlecht! Er starrte die Decke an. Ein Aufstoßen blähte ihm die stoppeligen Wangen.

Dabei hätte ich gewettet, du hältst es mit Kerlen. Ich dachte, dir gefallen dicke Diegopimmel besser als solche Tussis. Wenn ich die schon rieche. Von ihrem Anblick ganz zu schweigen. Findest du das etwa gut, dieses ewige Gezeter und Gekeife, die uferlosen Formen, wippenden Schinken, das Matschige zwischen den Beinen? Ist das dein Geschmack? O Gott – er wies wegwerfend auf die Tür , verschwinde. Verschwinde schnell, bevor ich mich bekotze.

Er trank noch mal und wälzte sich auf die Seite. Der andere stieg von der Brüstung. – Was sagten Sie? – Sollst abhauen, brummte er, oder rede ich russisch. Und während Lohser, die Arme ausgebreitet, vorsichtig über ihn hinwegstelzte, legte er sich die Flasche wie ein Kissen unter die Wange und wiederholte bei geschlossenen Augen: Solange ich blau bin, bist du frei.

Lohser zog die Jacke über den Kopf, sprang im Zickzack durch den Schlamm der Gassen, der seinen Schuhen den Rest gab; die losen Sohlen schleckten ihm das Dreckwasser zwischen die Zehen.

Im Restaurant – unter der Decke hingen Luftschlangen, auf den Tischen brannten Kerzen auf Plastik-Tannenzweigen – winkte die Köchin mit einer Machete und wünschte ihm ein gutes neues Jahr. Auch ihr fehlte ein Schneidezahn. Es sah gar nicht so übel aus. Kaum hatte er gefrühstückt – Kaffee und ein großes Omelett mit Ziegenkäse und Zwiebeln –, stand Elvira in der Tür, legte die Hand militärisch knapp an einen nicht vorhandenen Mützenschirm. Sie kam mit raschen, festen Schritten durch das Lokal, die Spiegelbilder der Kerzenflämmchen wischten über ihr lackschwarzes Regenzeug. Das Haar war vor Nässe gelockt, und unter ihrem linken Auge gab es einen violetten Halbmond mit schwefelgelber Aura. Lohser lächelte. Schnell steckte sie ihm einen kleinen Finger in die Lücke.

Naja. Jetzt kannst du dein Zahnputzwasser in Würfeln ausspucken. Sonst alles in Ordnung? – Sie beugte sich über den Tisch. – Mach dir keine Sorgen, flüsterte sie, wir biegen das schon hin. Und wenn mein Mann dich schlecht behandelt, sag es mir; er tut's kein zweites Mal. Du bist aus der Haft entlassen, mußt aber im Ort bleiben, bis die Straße wieder befahrbar ist. Dann schicken sie Kriminalbeamte aus Esmeraldas – keine Angst, du hast ja ein Alibi. Dein Paß bleibt solang in Polizeigewahrsam, und du mußt dich jeden zweiten Tag auf der Wache melden. Haben sie dich übrigens angetatscht, die Brüder? Ihr Glück. Du kannst wieder in der Hütte am Strand wohnen. Ich habe schon einen kleinen Heizlüfter und ein paar zusätzliche Decken hingebracht. – Sie blickte zur Küchentür, gab ihm rasch einen Kuß. – Damit wir nicht frieren heute abend.

Schwarzblau das Meer, die Wellen spuckten Schaumfetzen, der Himmel, ein kaltes, wildes Grau in Grau, schien hinter den Horizont zu fließen. Die ganze Plantage zerzaust, viele Palmen umgeschlagen; Kronen, abgebrochen, moderten im Schlamm. Der Regen hatte die Wurzeln freigewaschen, die Stämme waren kreuz und quer durcheinandergestürzt, bizarre, im Wind knarrende Verstrebungen von nichts, und Lohser, während er geduckt durch das triefende Chaos stolperte, fühlte nicht ohne Verwunderung *Heimweh*.

Dabei hatte er keine Ahnung, wo dieses Heim sich befinden könnte.

Vor dem Grundstück des alten Perez fiel ihm die kleine schwarze Ziege wieder ein. Sie war nicht unter den anderen, die neugierig die Köpfe hoben, als er stehenblieb, graste wohl schon in den Wolken. Trotzdem klopfte er ans Gatter und rief mehrmals ihren Namen. Vergeblich. Die anderen Ziegen widmeten sich wieder der Wiese, und er wollte bereits weitergehen – da wurde die Hüttentür einen Spalt breit geöffnet, und Zazie hielt den Kopf ins Licht, drehte die Ohren lauschend in alle möglichen Richtungen.

Noch einmal rief er ihren Namen. Sie machte einen wackeligen Schritt über die Schwelle ins Gras und kam langsam, unendlich langsam auf ihn zu. Dabei zitterte sie derart, daß ihre kleinen Hufe, immer wenn sie auf einen der herumliegenden flachen Kiesel trat, wie Klappern klangen. Doch erreichte sie den Zaun. Schnaufend lehnte sie die Stirn gegen die Bambusstäbe und ließ sich von Lohser das Fell zwischen den Hörnerstummeln kraulen und den reinen, weißen Halsverband zurechtrücken.

In der Nähe befand sich ein Garten, junge Salatpflanzen unter einem Glasdach. Er rupfte ein paar aus und hielt sie Blatt für Blatt der Ziege hin, die, ohne die Augen zu öffnen, davon abbiß. Mit witternd erhobenen Schnauzen kamen die anderen näher, ohne sich ganz heranzuwagen. Vermutlich hielt der strenge Desinfektionsgeruch der Bandage sie ab. Das letzte Blatt ließ Lohser von Zazie nur anbeißen und verstaute es in seiner Hemdtasche. – Als Andenken, fragte der Mechaniker, der grinsend in der Tür des E-Werks lehnte. – Als Andenken, sagte er.

Als er weiterging, hob die Ziege den Kopf, riß die fiebrigen Augen auf und versuchte offenbar, einen Laut von sich zu geben, der ihr nach einigem ungeduldigen Scharren im Gras auch wirklich durch die wunde Kehle kam – sich in ihrem Maul freilich etwas befremdend ausnahm. Oder täuschte er sich? Es klang wie das ausgewachsene, aus einem zittrigen Quieken hervorgehende Grunzen eines Schweins.

An einem der folgenden Tage sah er auch den alten Perez wieder. Er trug einen langen, grauen Regenmantel, rundum angefressen, und hatte eine durchsichtige Plastiktüte über seinen Hut gezogen.
Eine Menge Münzgeld rasselte in seinen Taschen, als er das Restaurant der Länge nach durchschritt und sich dabei suchend umblickte.
An Lohsers Tisch blieb er stehen. Der sagte Hallo! und hielt ihm eine Hand hin – ließ sie aber wieder sinken, als er sah, daß der Alte ihn gar nicht wahrnahm, weil er offenbar wieder in seinem privaten Jenseits lebte. Er war aufgeregt, atmete schnaufend, und seine Augen standen hart hervor, ein Blick, mit dem sich Glas zerschneiden ließe. Lohser rückte vorsichtshalber etwas beiseite, als Perez die Fäuste hob. Er preßte sie an die Schläfen und begann, lautlos die Lippen zu bewegen – allerdings so heftig, als stieße er Flüche aus. Ein paar Wortfetzen wurden laut, erste Sätze.
Auch du kannst mich nicht riechen, sagte er, sollst mich aber kennenlernen. Hast du den gläsernen Hund gesehen, im Regen? Ich wohl. Die Kerze brannte von beiden Seiten! Geh mir doch weg. Was soll ich mein Fleisch mit den Zähnen festhalten und mein Leben aufs Spiel setzen? Wir sind aus träumerischem Zeug, sehen Bilder und machen uns keine Ge-

danken. Und wenn du eine Liebe hast, dann sind da Schlangenadern unterm Goldhaar, schönes Kind. Kannst du mich riechen?

Niemand außer Lohser saß im Lokal; er spürte den kalten Atem des Alten auf der Wange, die Hand, die sich in seine Schulter krallte.

Sie können dir den Tee mit einem Lächeln süßen, flüsterte Perez, aber sie kauen Gummigeld, und ihr Hintern ist breiter als ihr Horizont. Spritdrosseln und Dreizentnermöwen, aber keine Liebe. Kein Tier prügelt sein Junges! Lassen wir das. Die frißt der Hai. Heute tun wir Böses, morgen ist es gut. Der Dicke hat Saures gekriegt, da hab ich mich gefreut wie ein Glas Rum und Buße getan, zwei Vaterunser, drei Peter Stuyvesant. Und stell dich nicht taub! Ich habe dich erkannt, kleiner, wilder Gott, ich kenne deinen Namen!

Ein Rascheln, Scharren, ein Klagelaut fast wie von einem Kind, und erst jetzt bemerkte Lohser, wohin der Alte starrte und zu wem er offenbar geredet hatte. In seiner Nähe, zwischen Stuhlbeinen, zerknüllten Servietten und Avocadoschalen lag die Katze in der Tüte und zuckte mit den Ohren, stach die Krallen durch das Plastik in den Holzfußboden.

Perez biß sich auf die Unterlippe, ging um den Tisch herum und langsam auf die Tüte zu, aus der nun der weiße Schwanz schlug und hin und her peitschte.

Die Köchin reckte den Hals, blickte Lohser an und bewegte eine Hand wie einen Scheibenwischer vorm Gesicht. Der Alte stand gebeugt, sprach leise auf die Katze ein.

Muse meiner Dunkelheit, die Bilder machen sich Gedanken! Die Berge werden wie Lämmer hüpfen! Träumst in diesem Mief und deine Abkehr macht mich kalt. Kannst du auf so weite Entfernung Aas riechen? In deinen Augen ist eine andere Zeit, grün, da schmeckte ihr Kuß nach Kupfer, und ich war so bleiern im Geist und habe bezahlt. Aber jetzt? Ein Leben in Lappen, das ist doch Verachtung! Wie lange noch, blinder Traum, wann kommst du in mein Herz?

Er streckte die schmutzigen, zu Klauen gekrümmten Hände vor; die Ärmel rutschten zurück; die Unterarme waren kreuz und quer von tiefen, teilweise eiternden Kratzern bedeckt.

Das Kreischen der Köchin und die Schreie der Katze wurden gleichzeitig laut. Er packte das Tier ungeschickt beim Schwanz und riß es mitsamt der Tüte in die Höhe. Es knurrte, wand sich in der Luft, zerfetzte das Plastik und schlug die Krallen in Perez' Arm, umklammerte ihn wie einen Ast.

Nun schrie der Alte – ein brüchiger, stimmloser Schrei, die Mundwinkel hingen tief herab – und versuchte, die Katze abzuschütteln, was sie nur dazu bewegte, sich klagend tiefer festzukrallen.

Auf dem Hosenstoff zwischen seinen Beinen erschien ein dunkler Fleck. Tränen in den Augen, taumelte Perez an einen der Tische und wühlte zwischen aufgehäuften Tellern und Tassen, bis er eine Gabel in der freien Hand hielt. Die hob er hoch über den Kopf, stellte sich auf die Schuhspitzen, fletschte die wenigen Zähne, die er noch hatte – da fegte das Tier, Fell und Schwanz dick gesträubt, Pfoten blutig, schon aus der Tür.

Olé! rief die Köchin und hielt eine Machete ans Schleifrad, daß die Funken flogen.

Der Alte starrte entgeistert auf seinen Unterarm, ließ die Gabel fallen. Wachsbleich im Gesicht, bewegte er die Lippen, ohne daß ein Wort zu hören war. Ein dünner Speichelfaden lief von seinem Kinn hinab in ein Knopfloch, seine Knie zitterten, und Lohser beugte sich vor, nahm die Zigarette aus dem Mund und flüsterte: Streeler!

Er reagierte nicht, leckte sich Blut vom Handrücken und blickte abwesend, wie aus einer Trance.

Herr Streeler, wiederholte Lohser lauter, hören Sie mich?

Den Alten durchfuhr ein Schreck. Ein Erstaunen ging auf in seinen Pupillen und verwandelte sich langsam in einen seligen Glanz. Er ließ die Hand sinken und hob den Kopf, als wäre er aus den Wolken heraus angerufen worden.

Dann nahm er seinen Hut ab, schloß die Augen, was ihn müde aussehen ließ, sterbensmüde. Schwankend fand er an der Tischkante Halt.

Wollen Sie sich setzen, fragte Lohser auf deutsch, und wieder vergingen Atemzüge. Schließlich schüttelte der Mann den Kopf, hob schelmisch lächelnd einen Finger an die Lippen und humpelte, den Hut in der Hand, hinaus in den Regen.

In der Küche zischte Fett, flammte auf. Das Feuer warf eine Sekunde lang den Schatten der Katze über die Kacheln.

Der Heizlüfter lief auf Hochtouren. Elvira, in dunklen Strümpfen, stand auf dem Stuhl. Sie hielt die Arme vor der bloßen Brust verschränkt und kaute ein Stück Zuckerrohr. Lohser pfiff leise, während er sich Mühe gab, mit ihrem Augenbrauenstift zwei möglichst gerade »Nähte« auf die Strümpfe zu zeichnen.

Unser alter, verkalkter Onkel Jakob? fragte sie und zeigte auf das angebissene Papier mit dem Foto, das neben dem Salatblatt auf dem Tisch lag. – Sah ja mal nicht übel aus. Dabei hielt ich es immer für ein Märchen, als er behauptete, Don Armando habe bei ihm eingebrochen und diverse Papiere gestohlen.

Die er vermutlich gegen ihn verwendet hätte, um an sein Grundstück zu kommen, sagte Lohser.

Na, jetzt hat der Dicke ja ein anderes – sie drehte den Daumen erdwärts –, zwei Meter tiefer. – Aber nur weil dieser Naziwisch so angefressen aussah, war für dich klar, daß unser Ziegenopa Markus Streeler ist?

Nein, sagte er, das ergab sich erst im Nachhinein, aus meiner Überzeugung, daß Don Armando es *nicht* war.

Und woher hattest du die Gewißheit?

Mein Vater war bei der SS – harmloser Lastwagenfahrer, wie er stets betonte. Von daher weiß ich, daß SS-Mitglieder gezeichnet sind. Sie tragen Nummern eintätowiert – er zeigte auf die Stelle am Arm –, hier. Und da Don Armando stets im Unterhemd herumlief, hatte ich Gelegenheit genug festzustellen, daß er nicht zu dem Verein gehörte.

Sie lachte. – Du kitzelst mich! Gib her den Stift! Wo ist der Stift?

Lohser trat zurück, kehrte die leeren Handflächen hervor. – Ja, wo ist er denn?

Es regnete nicht, und er brachte sie ins Dorf. Der Nachthimmel war marmoriert von den mondbeschienenen Rändern der Wolkenrisse, und die Blattpflanzen am Wegrand glänzten wie schwarzgrünes Leder.

Hinter der Kirche küßte Elvira die Innenseite seiner Hand und steckte ihm eine Schachtel Zigaretten zu, die Marke ihres Mannes. – Bis morgen?

Er blickte zweifelnd, faßte noch einmal unter ihr Cape und tastete nach einer Antwort. – Na gut, sagte er, bis morgen. Sie gab ihm eine zärtliche Ohrfeige und ging winkend davon.

Im Behandlungsraum der Krankenbaracke brannte Licht. Auch glaubte er, Stimmen zu hören.

Vorsichtig trat er näher an das Fenster, rückte in den Schatten eines Gebüschs, das kicherte. Zwei zerlumpte Buben machten ihm Platz, legten die Zeigefinger an die Lippen. Zu dritt schoben sie die Nasenspitzen in den honigfarbenen Lichtkreis und spähten in den Raum.

Auf dem Schreibtisch stand ein großer Strauß Magnolien, durch die der Schein mehrerer Kerzen fiel. In einem Aschenbecher lippenstiftverschmierte Kippen, und die Mineralwasserflasche war leer. In den beiden Gläsern neben dem verbeulten Kassettenrecorder perlte ein Rest. Man hörte einen melancholischen Schlager, deutlich aber nur den lauteren Refrain: Komm her, geh weg. Komm her, geh weg. Hoffnung ist kein Himmelreich, Liebe noch kein Glück. Tiefer im Raum stand der Arzt.

Das dünne, blonde Haar zerwühlt, blickte er müde über den Brillenrand. Auch auf den Gläsern waren Lippenstiftabdrücke.

Er trug eine Krawatte zu dem frisch gestärkten Kittel und hielt eine wunderschöne, in ein lachsfarbenes Chintzkleid gezwängte Frau in den Armen, eine Mulattin. Eng aneinandergeschmiegt, tanzten beide langsamer als die langsame Ballade und bewegten sich dabei kaum von der Stelle.

Lohser bemerkte zwei Manschetten an den Handgelenken des Arztes und – als sie sich auf die Zehenspitzen hob, um seinen rotverwischten Mund zu küssen – zwei weitere an den Fußgelenken der Frau.

Zwischen den Schuhen der Tanzenden liefen Kabel zu dem Ekg-Gerät, auf dem eine weitere Wasserflasche, noch mehr Magnolien standen, und über dessen Bildschirm die gemeinsame, verwackelte Herzlinie huschte.

Am nächsten Tag schien die Sonne. Fast wolkenlos der Himmel, ruhig das Meer, Kinder kletterten an den Palmstämmen hoch und stocherten mit langen Stangen Nüsse aus den Kronen.

Von Fosforito begleitet, spazierte Lohser barfuß vor der Brandung. Er hielt seine Schuhe in der Hand und zog gerade die zerfransten Schnürbänder heraus, überließ sie der Brise, als er Motorengeräusch hörte und einen Jeep über den Strand kommen sah. Er erkannte den Mann im Rollkragenpullover.

In der Nähe flatterten ein paar handtellergroße, kobaltblaue Falter im Kreis herum, immer im Kreis. Sonne schien durch ihre Flügel; die Schatten auf dem weißen Sand waren blau.

Der Mann ließ den Wagen ausrollen, kam neben Lohser zum Stehen. – Guten Tag, sagte er. Ein schönes Bild, nicht wahr? Erinnert mich an durchsonnte Falter am Strand. Und Sie? Wie geht es Ihnen in diesem Schweinekaff? Ich hörte, Sie haben Schwierigkeiten mit der Polizei? – Nun ja, sagte Lohser, wird bald vorbei sein. Er klopfte an das Autoblech. – Die Straße ist ja offensichtlich wieder frei.

Nicht ganz, sagte der Mann und wies mit ausgestrecktem Arm auf die drei Rauchsäulen am Horizont. – Nur bis Muisne. Aber von dort aus kann man über den Strand fahren; jedenfalls bei Ebbe.

Er grüßte und bog in den Weg zum Dorf ein. Lohser betrachtete die Schuhe. Mit ihren aufgerissenen Sohlen, den Reihen rostiger Nägelchen, schienen sie zu grinsen. Ihm schwindelte etwas.

Als er momentlang die Augen schloß, glaubte er, jemanden flüstern zu hören: ein Wort, mehrmals dasselbe Wort, verstand es aber nicht. Wind kam auf, eine Welle klatschte ihm an die Waden, und er küßte seine Schuhe und warf sie ins Meer.

Auf den Strudeln des Flusses trieben Öldosen und Kokosnußschalen herum. Ein großer Baum, Ast- und Wurzelwerk voller Algen und Müll, bewegte sich radschlagend der Mündung zu. Kleine Fische zappelten im Schlick. Fosforito beschnupperte die Geschwüre, mit denen ihre Leiber bedeckt waren, und ging davon. Lohser setzte sich auf eine Grasbank.

Durch Rauchschwaden, die aus dem Waldstück der Köhler über den Fluß zogen, glitt ein Boot. Die Männer darin lachten gewaltig. Der ohne Finger warf eine Flasche in die Luft; der mit der Glatze schoß sie in Scherben. Der dritte – auf seinem weißen T-Shirt stand »Dream Police« – hob grüßend den Lederhut. – Hallo, Americano!

Der Angerufene, der barfuß am Ufer saß, winkte zurück. Er trug Khakihosen, ein verwaschenes Armeehemd und kritzelte etwas in den Sand. Erst nachdem er schon auf den Rücken geworfen war mit einer Wucht, die seine Beine in die Höhe fliegen ließ, hallte der nächste Schuß über das Wasser.

Suhrkamp Verlag GmbH
Torstraße 44, 10119 Berlin
info@suhrkamp.de
www.suhrkamp.de